U0670912

白俄大力士

徐皓峰 著

光明日报出版社

果麦文化 出品

目录

代序：鱼油

深海的鱼油
可以延缓衰老
你需要
能吸收的鱼脂

需要缓慢的时光
需要她的睡眠

你生长在复杂的环境
你的父辈受过亲朋的出卖
你的青春期
同龄人已开始党同伐异

你曾在各种恶劣的心境下死去活来

但你起码有一处优点

便是你相信真理仍在

虽然现在

你还未证到

真理之外

你相信爱情

虽然你经历了太多的分崩离析

感谢这个女人

令你感受到纯真仍在

虽然同一件事情，你往往了解她所不知的一面

有的人纯真

却思维混乱

有的人善良

却伤害他人

而她

宁看到、经历了险恶

却不总结经验

她

令你想象恶人般强大

以求多一点保护她的力量

她

令你想象鬼神般可怖

指天指地

赌誓赌咒

便可消除她周边的障碍

但你只有写诗的小聪小慧

诗，是烧焦的哲学

诗，是烤烂的艺术

诗，不容许有成品

你没有结论

必须去做有结论的事

让这个世界明确起来

即便都是异想天开

因为

她昨晚曾逗留在你身边

白俄大力士

一

二〇一九年十二月二十日，香港武打片《叶问4》首映，夜十一点，票房九千五百万。北京电影制片厂后门传达室，三名保安打赌，凌晨一点破亿。

《叶问》系列已有十年，他们仨看过1、2、3，是主演甄子丹粉丝，困于值班，约好看次日早场。

凌晨一点，职工家属区发现小偷，扭送到传达室。偷的是一户二楼人家晒在窗台外的冻柿子，作案工具为手机自拍杆，打下三个，仍不收手，蹦蹦跳跳，引来了人。

小偷态度嚣张，自称是北影厂旧子弟，打过葛优。七十年代末的葛优还未发迹，长发遮眼，肤色苍白，重病患者与街头牛人的混合气质，是小孩乐意欺负的人。去车棚放自行车，会被埋伏的孩子扔胶泥打。他能躲开大部分，对躲不开的几颗，龇牙笑笑……

"嗯，事对。"一位八十岁退休职工肯定了他。

"你是谁家孩子？"

小偷不报名，说会给父亲丢脸。他父亲一九八三年辞职离厂，全家三十六年再没回来。

为何偷冻柿子？他拒绝回答。

三个冻柿子，事小了点，保安询问捉贼众人："要是厂里子弟，就不送公安局了吧？"

"再让他讲件事。"

小偷仰脸，望向墙上贴的甄子丹海报："一九八三年，北影厂有个导演叫张华勋，拍了个电影叫《武林志》，跟今晚首映的《叶问4》，讲的是一个故事。"

仨保安："你看了《叶问4》！"

小偷点头，说是看过电影，才来偷东西的，继续阐述：

《叶问4》讲的是，叶问来到美国，遭华人商会会长打压，办事不成，陷入窘境。会长对内耍心眼，对外有骨气，挑战美军格斗教官。会长失败，叶问出战，胜利后，成了会长的铁哥们。

《武林志》讲的是，一位高手来到天津，遭武行老大打压，委屈存活。老大对内要心眼对外有骨气，挑战白俄大力士，受挫后，跟外地高手冰释前嫌，请求继他出战，为民争光。两人成了铁哥们。

小偷："张华勋导演走访三省，问了上百人，淘出来的，以前电影里没有这故事！请教诸位，一个新故事值多少钱？"

"现今热门片子十亿起步，最高纪录五十六亿。"

小偷："错。二百亿。"

众人起哄："做梦呢吧？"

小偷："《武林志》当年，二角五分一张票，票房一亿，相当于今日二百亿。二百亿，这是中国电影该有的价。"

赢得老职工赞许："是这话。"再问他父亲是谁。

小偷打岔，说八十年代人人不富裕，月底几天，工资花完，叫孩子去厂里菜站捡碎菜叶，凑合做顿饭，并不丢人。菜站人见他来捡菜叶，会扔给他整棵白菜。

"叔叔大爷，听明白了吧，我父亲在厂里是号人物，我真不能说他名字。"

捉贼的老职工们达成共识，不送他去公安局。

仨保安说毕竟是偷窃，要隔离做笔录。众人散去，仨保安劝小偷："当着大伙面，您不愿讲，赶走了人，您得给个交代。"

小偷："二百亿票房，打的是白俄大力士，确有其人，一九一六年来的中国。《武林志》的故事，前无古人，外界都说是导演张华勋走访二年之力，天道酬勤。谁承想，那纯是他个人创造，隐下了真事。"

仨保安提醒："别打岔。"

小偷："霍元甲、黄飞鸿、孙禄堂、韩慕侠、王子平、杜心武……老辈武术家成名，要打洋人。武打片大卖，也要打洋人，李小龙、成龙、洪金宝、李连杰、甄子丹、赵文卓、吴京，都在电影里打洋人——这个白俄大力士是一切的开始，想不想听？"

二

　　一九一六年，俄国还未革命，弗拉基米尔·安德烈耶维奇·尼科诺夫来到中国，在天津租界的英国俱乐部剧场、德国俱乐部餐厅，做"脖子断铁链"的大力士表演，是西方马戏团传统节目，不太受欢迎。

　　尼科诺夫开发了两个新节目：第一，单手举起一位华人成年男子，行走一圈；第二，躯干悬空地躺在两把椅子中间，站上五名穿泳装的华人姑娘，能挺住二分钟。

　　大获成功。英租界工部局资助的英文报纸《京津泰晤士报》对尼科诺夫做了报道。

　　俱乐部只接待洋人，天津人从不知里面的事。但英租界工部局为扩大在华影响，开发了《京津泰晤士报》汉字版，长江以北的华人文化人家多会订阅。天津武术组织"国术实践会"随俗订了一份，看到尼科诺夫的报道，判定贬低华人，誓要讨回公道。

习武人办事周密，先试验单手举人，一众高手，竟无人做到。尼科诺夫单手举起的华人男子，去商店买鞋，遭劫持。经询问，知是天津附近的吴桥村人。吴桥号称杂技之乡，国术实践会众人松了口气。

吴桥男子街头卖艺的习气重，吐露秘密前要卖关子："别说单手举人，单手举起个椅子，哪位爷谁能做到？"有人不服，矮身握椅子一条腿，离地二寸，椅子另三条腿旋转，控制不住落地。

吴桥男子蹲下，试了二次，第三次举过头顶，赢得武人们喝彩。看明白了，不是力量，是平衡技巧，久练可掌握。同理，单手举人的奥妙，在于被举的人要控制平衡。

"身上站五个姑娘，怎么回事？"

"我们这行，各有各的道，彼此不揭秘，您得找姑娘们问了。"

"这么说，你是知道的。挨了打，再说？"

"您这话，不仗义！"

想省事的人，被劝住。二日后，五位姑娘中的一位，在理发馆被劫持。她们五人都是圣功女子中学的学生，活儿由学校老师介绍。对于学生来说，酬金很高，让穿泳装就穿泳装了。

她不知道什么，叫来另四位女同学，请一位习武人扮尼科诺夫，给照做一遍。

看清楚了：尼科诺夫肩背和大腿各搭一把椅子，腰部悬空。站上的五位姑娘，左右四位站在尼克诺夫胸口、大腿，她们体重被尼科洛夫身下的椅子分解，尼克诺夫的本领，只是挺住站在腹上的一位姑娘。

放她走后，人们纷纷试验，仅站一人，挺到二分钟，均感吃力，感慨尼科诺夫"腰马不错"。重看《京津泰晤士报》，注意到尼科诺夫擅长"脖子断铁链"的西方马戏团传统节目，打电报给哈尔滨市武术界，要他们探明底细。

哈尔滨距天津二千四百六十里，有白俄马戏团。与天津不同，哈尔滨的洋人娱乐，不回避华人，本要赚华人的钱。回复得快，"脖子断铁链"危险，并不是每个大力士都愿做，拿根三米铁链绕脖子一圈，请左右各二人齐拽，铁链不断，就给勒死了。

拽铁链请现场四位观众，先检查铁链质量，又砸又拽，不敢作假。秘诀在于大力士把铁链绕在脖子上的一刻，用指头把一节铁环的接口掰开道缝，等左右拉拽，铁链从这里崩断。

电报按字算钱，越远越贵，哈尔滨武术界为把事说清楚，相当于买了二百七十斤猪肉。国术实践会众人赞誉"仗义"，再次劫持吴桥男子，要他偷来尼科诺夫的铁链。

擅长指功的人试，掰开最快五秒。绕脖子的一下，是整场表演中，铁链唯一在尼科诺夫手中的时刻。停三秒，表演穿帮；二秒掰不开，生命危险。

"小瞧了洋人，有点功夫。"

尼科诺夫挺住一人体重的腰，意味着，挥拳力度非常重。他身高二米三，臂展二米四，华人个矮臂短，进攻易被他抓住。凭他指力，被抓上必肉裂骨折，没的打，完全发挥不出武术特长。

"难道，我们讨不回公道了么？"

"不信世上没公道，我去会会他。"说话者是国术实践会副会长冯永田。

小偷的话被打断，仨保安提醒，等着记录他姓名。

怒了他："你们还算是北影的人吗？我在说北影最高卖座片的秘密，你们对厂子没感情！"

仨保安回答，他们不是北影的人，外聘的保安公司。北影机构五年前迁走，卖了前门和厂区，剩下几栋家属楼，留给不愿搬迁的老职工，出入只能走后门。

小偷没了精神，要杯水喝。仨保安合计，先让他交代为何偷柿子。

小偷回忆，一九八三年他父亲辞职，不用厂里派车，自己找了辆卡车搬家，上车前，没了他。他躲在另一栋楼，那时楼房是筒子楼，公用厕所厨房，各家杂物摆在楼道里。他打开一家门口的柜子，摸出个苹果。

苹果芳香，沁人心脾。如果就此留下，靠着每日偷一个苹果，可以在北影活下去……

他下楼，跟父亲走了。

三十六年后，他回到北影厂，想偷个苹果。筒子楼已拆，新建的楼每户独立，门口不放东西。寻了几个楼，才看见有家人在窗台外摆柿子。虽不是苹果，可他也想吃。

"噢，你是怀旧。"一保安说，语带同情。

小偷不屑："一个苹果，算什么怀旧？你们真不是北影的人，没熏过电影。被熏过，便会思维延展，追问我偷苹果的门口是什么人家。"

那家无男人，一个女人带个女孩。女人是演员，上一代胶片感光迟钝，需打大量灯光，拍亮眼神要滴专用眼药水，多数人没事，她过敏，瞎了眼。丈夫离婚而去。

女人戴墨镜，显得鼻唇有型，出奇漂亮。她穿着整洁，没出过错，因为女儿五岁开始，就照顾妈妈。

她女儿是他"一帮一，一对红"的伙伴。他从外地转学而来，跟不上北京小学进度，老师调她跟他同桌，放学后一起做作业。

他唯一不满意的是"一对"这个词。在外地,"一对"指谈恋爱的青年,他和她才小学五年级。她对这词无感觉,带他第一次回家写作业,告知母亲,他是她的"一对"。

她还访了他家,礼貌庄重如老师,询问他几点睡觉、有无不刷牙的恶习。父亲如临大敌,一一回答,在她走时一路送下楼。

父亲没有做出请她母亲来家吃饭或拎袋水果去她家回访的俗套,骑车去西单百货商场买一只塑料发卡,让他送给她,要先交给她母亲,说感谢您女儿帮助我儿子学习。

女人摸过发卡,转交女儿,找出一支香港产圆珠笔,作为回礼。让他给父亲带话:"小孩间相互帮助是应该。咱们大人不用管。"

父亲领过圆珠笔,端详半晌,交给他:"圆珠笔比发卡贵,记住阿姨,长大了报答。"

长大后,理解了父亲做法。女人名声不好,传说器材科科长是她情人,每周幽会二次。科长有老婆,数次去香港买外国器材,带回港货无数。

孩子一帮一学习，两个家庭是否要搞好关系？女人回礼，表明大人间不用交往，宽了父亲的心。

一起做作业，她和他处成一个人，不必询问，便知道他所想。小学毕业，他俩考上同一所初中，分在不同班，还保持形影不离。每个十分钟课间，她都去他班门口，他都出来陪她。

放学路上，有高年级男生骑车冲开并排骑车的他俩，大呼小叫。她泰然处之，告诉他："他们是故意的。你知道什么意思吧？"

他知道，说不出。到初中二年级，她说："请我看场电影吧。在首都图书馆。"

男生请女生看电影，是确立恋爱的仪式。不知谁发明的，流传已久，小学生也知道。

北影的小孩看电影没花过钱，厂里有座六百观众席的影院，每周三放电影。北影办公楼是五十年代仿苏联建筑的红砖黑顶，严肃阴沉。首都图书馆蓝顶白墙，时髦现代，是"新北京"的形象代表，因图书馆属性，不放即时新片，都是老电影。

她选择的是一九七九年译制的印度电影《奴里》，

女主演是选美冠军，印度最漂亮的人，像她，也像她母亲。

故事讲一位农家女貌美，被地主看上，派她未婚夫去外地办事，害死她父亲，剩她一人时强暴了她。美女投河自尽，未婚夫归来报仇，也被地主杀死。恶人当道的世界。

她和他在小学五年级看过。当时她说，如印度女子一般，她的脸会招祸，她会害死他。此片插曲叫《悄悄地，他来到我身边》，大人们说，歌名翻译得有文学高度，一听就是爱情。

她说重看，为听歌。

他俩没一起骑车出北影，分别去的。她早到，穿湖蓝色Ｔ恤衫、白色裙子，戴着一副她母亲淘汰的墨镜，鼻唇有型，出奇漂亮。那一刻，他觉得他和她不再是一个人了。

首都图书馆电影票三角钱，他递出十元。十元是大数，父亲一月基本工资四十九元五角，补助五元，奖金七元。昨日父亲参加"群众影评"研讨会后，掏给他十元，说："这钱脏，快花光。"

莫名其妙，天助我也。

该找九元四角，售票员手误，把刚收的十元也夹在里面，还给他。不再和她是一个人的他，没提醒售票员。

影院门口等进场时，售票员跑来，求他数数兜里的钱，可能找错了。他没废话，抽出十元还了。

有不洁之感，似理解了父亲。

他告诉她，售票员失误，他无义务提醒，每个人都该为自己的行为负责。"你自己负责"——是大人们流行的话，传自香港录像《上海滩》。黑帮老二惹事，被打残，要黑帮老大替他报仇，老大不管，说："你自己负责。"——大快人心。

他还是心好，该赖着不还，让售票员拿自己工资补上十元亏空，从此工作会细心，受益一生。

她闷了，似被说服。影院开门放人了，上一场观众走尽，他俩第一拨进去。外厅卖小商品，他花三元一角，给她买了一个标注是香港货的沙滩草帽，直径宽过她肩。她接受，折在手里。

电影开始，他像一个谈过恋爱的人，上臂贴住她上臂，她的上臂凉席一般散去他体温。插曲唱过，她仍闷着。到印度未婚夫重伤而死，他落了泪，觉得死的是自己。

电影看完，下了雨。社会风气好，无人赖在里面不走，都自觉出去。影院大门外屋檐宽大，一场人挤着。她问："怎么办，你拿主意。"

他反应快，说雨里冲二百米，是公共汽车站，坐车回北影，两人自行车搁在图书馆车棚，次日取。

她皱眉，似质疑不是好主意。他勃然大怒："你手里不是有草帽么？淋不着你。"冲入雨中。

感觉她跟出，他加快脚步，不让她追上。她跑了二十米，终于把草帽遮在头上。

回北影要七站，三站时，停了雨。不是个好主意……

到北影，他没下车，说这路车第一次坐，想看看能开到哪儿。她甩一眼，下了车。

她没再回头，戴上草帽。沙滩草帽为防晒，没有防雨涂胶，湿了后，帽檐摊到肩上。

公车离站。他的视野里，失去她。

此后，他不再找她一起上学，课间十分钟，她也不再来看他。

一保安唏嘘："为贪十块钱，毁了初恋。我都替你窝心。"

小偷坐直："你懂什么！那年月，各个单位里，大半是靠关系进来的闲人，没业务能力，赖上个有能力的同事帮忙，替他们白干活。社会要进步，受不了这拖累。拒绝帮忙，惩罚闲人，是全社会的意志。"

一保安醒悟："她还在北影厂？你今晚回来，要找她？"

保安们是二十岁出头的一茬小伙子。小偷笑了，一脸慈祥："到我这年纪，已懒得为女人做任何事了。咱们不说这个。"

"说什么？"

"白俄大力士。"

三

一九一六年，天津国术实践会副会长冯永田，去摸底白俄大力士，穿西装，候在利顺德酒店大堂。

尼科诺夫演出归来，冯永田迎上，装成不小心撞到。尼科诺夫反应灵敏，后跳一步，用中文说了句："抱歉。"

回到国术实践会，冯永田让摆酒庆祝，说："没根。"

引发欢呼，全懂了。

根，是大腿内侧肌肉，大脑的根须——习武人独有的认识，大腿内侧神经丛直通大脑。

常人遇到意外惊吓，会走不动路、小便失禁，壮汉亦难免。危及生命时，社会生活养成的一切生理习惯失灵，人还是原始人，原始本能要大腿内侧肌肉做第一反应。

常人日常用大腿外侧肌肉，内侧肌肉十分软弱，所以会走不动路。小便失禁，是大腿内侧肌肉反应过度，造成紊乱。

尼科诺夫被撞，后跳一步，说明他是个用大腿外侧肌肉的人。受过武术训练，便不会往后跳，反而向前，闪过冯永田。

没根，掰开铁链的可怕指力便用不上。被抓住的人前冲，尼科诺夫会脱手后跳，抓得上、捏不上，来不及使劲。

如此算来，天津武术界有一百多人能打败他，铁打的荣誉。

派谁出战？

国术实践会召集天津十八家武术组织，投票选举。达成共识，老一辈投票，不参与竞选，荣誉留给青年一代。

评选标准定为：能打、孝顺、仗义。

初选结果，得八票以上的共五人，武德促进会的王全利、健康试验会的何光禄、青年技击会的段金贵、市民健身会的李有福、国术实践会的高锦衫。

高锦衫是冯永田弟子，父亲是抬棺材的杠夫。杠夫穿模仿宫廷太监礼服的花纹大袍，起名"锦衫"，不忘祖业。

"白俄大力士的底细，是冯三哥摸出来的，让锦衫上吧。"

冯永田坚持复选，说他摸底是出于公心。老一辈劝："三哥，大伙相信您没私心，所以荣誉才要归您门下，这是公道。"

考虑到击败白俄大力士后，要登报宣传，"锦衫"二字丧气——抬棺材的，有损为民争光的英雄形象。"三哥，事情就这么定了，您让徒弟改个名吧。"

西河沿大街有一位做寓公的前清状元，登门请教，"高锦衫"改为"高倾竹"。竹，指毛笔的竹管，握笔不能支棱，要有斜度，写到纸上才灵活，寓意处事圆融。

老一辈听了，满意至极，又劝："状元手笔，难得机缘。三哥，您也改了吧？"

改为"冯梦麟"，麒麟是古代瑞兽，麒麟出现，天下太平。师徒俩新名字登上报纸，可提升打败白俄大力士一事的档次，有心怀天下的气象。

习武人心细，向尼科诺夫递挑战书前，几位老辈人先共处一日，时时面对，以防遗漏什么。傍晚想起，尼科诺夫找吴桥艺人、女学生，应有当地华人介绍，那是个什么人？

不该出问题，司机、宾馆服务生、翻译一类……

又一次劫持吴桥艺人，得知尼科洛夫托的是租界警局一位巡警。租界警局为华人机构，华人进洋人俱乐部演出，要在警局备案。节目经过审查，评审意见是"一般内容，给予通过"。

惊了几位老辈人。得官方认可，尼科诺夫行为合法，武术界没有挑战他的理由。问明那位巡警叫杨文茂，常在街面上的脸，有两位老辈人跟他认识，慨叹："老杨糊涂！"

宴请杨巡警，酒过三巡，拿出汉字版《京津泰晤士报》，指出尼科诺夫贬低华人。杨巡警自罚三杯，承认办错了事。

"递挑战书，这场架便打不成了。英租界工部局会出面，向租界警局抗议。"

"万一他自大，应战了呢？"

"应战更糟。你们是武人，他是艺人，你们会跟吴桥练杂技的比武么？他应战，你们就成了笑话。"

"在理。"

"您几位能找上我，是看得起我。兄弟一定去了您几位心里的不痛快。"

尼科诺夫只给洋人表演，因为杂技在华人眼里低贱，是集市边上露天演出、乞丐般捧碗讨赏钱的玩意儿。演给华人，挣不到钱。

艺人只为谋财，如果开价高过洋人俱乐部，便会给华人演。到了我们的地盘，还怕找不回公道？

表演时惹怒观众，上去一人击败他，要他道歉，宣布从此不再表演单手托人、身站五人的节目。场中安排记者，报纸一登，咱们便找回了面子。

多年警局经验，正式流程办不成的，装成突发事变，便都办成了。

"受教。"

"将功补过。"

改名冯梦麟的冯永田是国术实践会副会长，会长不是习武人，为天津华人商会主席顾水亭。民国政府扶持武术，社会名流做武术组织的名誉会长，是一时风尚。

顾主席忙，冯梦麟持汉字版《京津泰晤士报》求见，简明介绍这是洋人圈里最轰动的事，华人看不到。国术实践会研究平民健身课题，希望商会出钱请白俄大力士表演，提供考察白种人体质的机会。

顾主席爽快批钱，冯梦麟报上的数字，是英国俱乐部表演费的一倍。尼科诺夫爽快应邀，五日后，在杨巡警陪同下，来到坐落在北城墙大街上的商会。供百人开会的议事厅里，已搭建小舞台。观者大部分是商会加盟商人，小部分是武术界人士。

表演完脖子断铁链，尼科诺夫通过华人翻译，请观众单手举椅子，有二位力壮商人试验，皆因把握不住而举不起来。举椅子，为显示举人的难度，吴桥艺人上场，被单手举起，绕舞台一周。

改名为高倾竹的高锦衫要起身发难，被师父冯梦麟按住："商会出了钱，让他们看完吧。"

五个女学生出场，未穿泳装，穿圣功女校校服，逐一站上尼科诺夫身，华人翻译持怀表，大声数秒，满二分钟。

掌声爆响，高倾竹站起，按前辈们斟酌出的话，厉声呵斥："你的表演，是想说华人没分量么？"走上舞台，挑起一指，"没分量的是你，我敢说，你掰不动我一根手指。"

有商人喊他下来，说请人来表演，又给人拆台，不仗义。冯梦麟向四方作揖，请大家给面子，先别议论，往下看。他坐下后，要向身侧的商会顾主席解释，顾主席摆手："明白，考量白种人体质。"略沉吟，嘱咐，"可以过分，别太过分。"

尼科诺夫向主持演出的商会秘书抗议，说表演已结束，要收拾东西回去。杨巡警上台，低语台下有《晨报》记者，不掰这根手指，会写成您胆小退缩，在华人圈受嘲笑，一定影响您在洋人圈的身价。

高倾竹身量一米八三，华人里出众的高大，但还是比二米三的尼科诺夫矮一截，手指显细。

"怕掰断了。"尼科诺夫嘀咕，握上高倾竹手指。刚要使劲，大腿受击，似被踹一脚，忙松手跳开。

"他踢人！"尼科诺夫指责。秘书表示在场人都看着呢，高倾竹的腿没动。"不不不，他踢了。我可以踩上他的脚么？"

高倾竹同意。尼科诺夫踩上他前脚，握上他手指，立刻大腿又挨一下，能感觉出脚形……

蹦开，尼科诺夫："他又踢我，这次用的是后脚！"

请秘书、翻译蹲下，各抱高倾竹一条腿，第三次握上手指。狠心横拽，大腿如遭电击，肌肉痉挛。张眼，是秘书和翻译的脸，自己跪在地上。

"他还有一只手！我要搜身，他藏了电棒！"

俄国马戏团驯狮子还用皮鞭，法国马戏团已升级为电棒，尼科诺夫见过。杨巡警做证高倾竹另一只手未动，尼科诺夫坚持："魔术师空手变出扑克牌，牌就藏在袖子里，没人能看出来！"

贼才会被搜身。以为高倾竹不堪耻辱，不料答应。来商会，穿的是西装便装，脱下外衣给秘书，张开双臂，腋下空空。

"在这里！"抢过秘书手里的外衣，尼科诺夫撸一遍，无东西，若有所悟地叫一声，蹲下摸高倾竹裤脚。

秘书呵斥："不雅！住手！"

高倾竹："没事，当他又给我跪下了。"

未搜出什么，尼科诺夫面露困惑："魔鬼！妖术！"

"不，是科学！"

冯梦麟上台，递给高倾竹二块木板，随即下台。高倾竹介绍，这是京剧的演出道具，表现古代犯人戴的枷。枷有三洞，套脖子双手。与历史不符，为戏台上好看，做成鱼形。

高倾竹请秘书帮忙，示范戴上，木板红色，金线画出鱼眼、鱼鳞、鱼尾条纹。

尼科诺夫惊呼："真是条鱼！"好奇为何要用美丽的鱼，为震慑犯人，不是该用狮子、猎犬一类凶兽的造型么？

高倾竹解释，鱼没有眼皮，永远睁眼，象征毫不懈怠的看管。尼科洛夫慨叹："中国人这么理解！跟我们想的完全不一样。"

高倾竹："我们理解的人身，也跟你们不一样。"请尼科诺夫戴上枷，"虽是演戏道具，不是真刑具，但足够让你使不上劲，废了你所有的力量训练。"

木板显薄。

"怎么可能？这么好看的鱼，还是别破坏它吧？"

"请。"

尼科诺夫戴上枷，大喊一声发力。枷仍在他身上，台下响起笑声。

高倾竹提醒，手上发力没用，请把发力点下移。尼科诺夫晃腰，高倾竹摇头，尼科诺夫："像黑人跳舞那样么？"摆了下臀。

高倾竹再次摇头，两脚尖内扣。

尼科诺夫醒悟，这种站姿，可抖擞大腿内侧肌肉。

枷，略松动。

高倾竹："跟你们不同，华人是挣扎之力，怎么挣扎，你已知道。"

尼科诺夫："还是挣不开！"

高倾竹："因为你太弱啦。"换过枷，未喊叫，一下挣开，裂成三瓣。掌声过后，伸出手指，说你握的是我手指，承受的是我浑身之力。

"你没踢我？"

"你腿弱，哪儿弱，哪儿受力。没踢你，是我的力量传到你腿上。"

尼科诺夫赞叹："完全不同，完全不同！"

"我们教人习武，要考察三年人品，才告诉这道理。"

"为何优待我？"

"为让你心服口服，转告天下洋人，华人有华人的道理。"

顾主席带几位商会头面人物登上舞台，向高倾竹作揖庆贺，均说"太好太好"。高倾竹望向台下，师父冯梦麟在抹泪。

这番话是几位老辈人一块攒出，原是师父登台说的，师徒俩已排练纯熟，临进商会时，师父让给了自己。

挤开顾主席，尼科诺夫凑到高倾竹面前，递上他的金牌腰带。表演开场白介绍，他曾去俄国遥远的塔甘罗格海港演出，引起轰动，英国拳击运动风靡俄罗斯，港口民众模仿英国拳王的金牌腰带，送他的礼物。

"它是我最宝贵的东西，现在我把它送给你。如果我能拥有太阳，我也会把太阳送给你。"

俄语特有的浪漫，令高倾竹感动，师父对徒弟般，拍拍尼科诺夫肩膀："记住我教给你的，这才是你最宝贵的。从此，你是一个有根的人了。"

冯梦麟上台提醒，忘了重要内容——要求尼科诺夫废止单手举人、身站五人的节目。高倾竹："这是留给您说的。"

冯梦麟："你说，你说！"急转下台。

喊上记者，高倾竹说了。尼科诺夫再次爆发俄语的激情："看呀，我让您焦虑、忧愁了，我想杀死自己一千次！如果演这两个节目，可以避免地球毁灭、挽救人类绝种，我也不会再演。"

发生的一切，堪称完美。习武人没比武，跟大力士比的是力，赢得公平，写起来硬气。次日《晨报》登载，轰动市井。

唯一美中不足，是记者笔误，将尼科诺夫的一条腰带，写成"十一条"，报社责编、印刷厂校对也未起疑。

其他报纸迅速转载，赢了洋人"十一条"金牌腰带，成了共识。习武人心细，凡事做预防，老辈人忙聚集商量，结论是"不好改口"。

遇到困境，找会长。

顾主席请来几位做俄国生意的商人，分析尼科诺夫的腰带。不得自俄国著名大城市圣彼得堡、莫斯科，得自一般俄国人叫不上口的偏远海港，迹象可疑，或许是尼科诺夫为抬高身价，自己造的。

顾主席："他可以造，我们也可以。"

请来几位珠宝商人。腰带上的奖牌银质，底衬花纹为苏格兰草、威尔士水仙造型，镶嵌二十颗玛瑙、五十粒钻石和黄金铸就的英文单词"巨人"。

符合"模仿英国拳王金腰带"的说法，但白银造假，是化学腐蚀后的白铜。更无黄金，为电镀后的黄铜。玛瑙品质低，不值钱，钻石是威尼斯产的玻璃磨成。

顾主席："我们造，会真材实料，比他好。"

一月后，来了事。

京城著名慈善组织"窝头会"邀请尼科诺夫、高倾竹来京义演。义演是演员无偿演出，观众照样花钱，门票所得，救济贫困阶层。

邀请函由人乘火车送到。信是表面文章，来人为说内情：一位京城官员看了《晨报》，认为大快民心，要继续搞大。托窝头会出面，为显示是民间行为，实则由京城警察局操办，演出内容重复天津商会发生的一切，尼科诺夫表演三个节目后，高倾竹上台比力获胜，演讲"华人有华人的道理"。

官员开放了一个旧日皇家祭祀场，作为演出场地，不限售票对象，面对广泛市民，铁定要打响声势。

顾主席："请问这位高官有多高？"

来人向上一指，之后举手过头，又一指。

顾主席："不问了。办。"

来津前，官员嘱咐，报纸上写的十一条金牌腰带都要带到京城，表演时摆成一排。

顾主席大喜："有！"

去京城是义演。考虑到无酬劳，对不住尼科诺夫，便由商会付，定价为英国俱乐部演出的三倍。又考虑，上次是习武人自己生事，这次高倾竹也该有身价，定价等同尼科诺夫。

派秘书找二人谈，谈回一堆问题。没见高倾竹，跟他师父冯梦麟谈的。冯说不要钱，拿钱便成了卖艺的，跌武人身份。开出条件，商会仿造的十一条腰带，事成后送一条留作纪念。

十一条腰带是真金白银……

答应了。

仿造，为给新闻圆场。赢尼科诺夫的当天，顾主席半夜未眠，此生未有的快慰。原有奖励之心，想风头过后，即送高倾竹一条。

尼科诺夫有两个问题：一，去北京演出，算上路程、走场预演和陪官员吃饭，耗费一周，他原定在英国俱乐部剧场、德国俱乐部餐厅有演出，得付违约金；二，他已当众发誓，不再表演单手举人、身站五人的节目。登报后，更不能反悔，否则人格不保。

顾主席："不问他俱乐部违约赔多少，去京城的演出费提高一倍。"之后打电报给哈尔滨的华人商会。哈尔滨有白俄马戏团，请来一男五女。华人换成白俄人，便不算违背誓言。

尼科诺夫同意。

五日后，哈尔滨白俄艺人乘火车来到天津，入住利顺德酒店。商会雇了酒店最大的会议厅，供他们跟尼科诺夫排练。

送邀请函的人未离天津，暗中监督事情进程。发现商会秘书去火车站接来六位白俄人，查清原委后，找顾主席谈话："上面不高兴，叫你别瞎改。白俄举白俄人、白俄人压白俄人，跟华人有关系么？华人凭什么上台挑战？"

"该怎么办？"

"原封不动。请你唱戏，你得按戏词来。"

顾主席没了主意，下派给国术实践会处理。冯梦麟跟几位老辈人商量不出，"要不再问问老杨？"

宴请杨巡警。三杯过后，杨巡警红脸，问："我们怕洋人，洋人怕谁？"

"洋人能怕谁？"

"洋人怕洋人。"

英租界狄更兰大街上有家白俄餐厅，常年坐着个金发胖子，介绍洋女人卖淫，买凶杀人，也找他。请他跟尼科诺夫谈，不怕不成。

"为办成事，咱们得堕落到这地步啦？"

"当我没说。"

尼科诺夫答应后，不料高倾竹不答应，向师父冯梦麟发火："咱们叫人家发誓，又叫人家改口，无信无义！"

"你成了名，不听师父话啦。天津成的这点名，算什么？去京城才能成大名。"

"要去你去！"

甩去一记耳光。

高倾竹退开，瞪眼不说话，突然磕个头，夺门而去。

他十二岁来习武，偷懒犯浑，拿藤条抽过他脚，从未甩过他耳光。打人不打脸，他已成名了……

窗外，他往街上走，脖子断了似的低着头，憋紫了脸，看着让人心疼。

冯梦麟等了三日，他没回来。发动人找，码头上得消息，他前天乘船离了天津。

国术实践会供岳飞像，七百年前抵抗外族的名将，习武人奉为祖师。冯梦麟上香请罪："对不住您，我把徒弟惯坏了。"

他有过妻子，算命的说他命中四子，谁想流产三个，第四个难产，母子双亡。连年比武，伤人狠……报应吧，他不再想女人，三十二岁当师父，收了徒弟。

高倾竹是首徒。他的爹，是给冯梦麟夫人抬棺材的杠夫老大。有朋友劝过："赚死人钱人家的孩子，不能收，从小看人间薄凉，不会感恩。"

平民出殡八人抬，怜惜夫人一生辛苦，冯梦麟订的是十六人抬——前清九品官规格，民间德高望重的一族之长、行会会长才可用。出殡日，发现是四十八人抬，前清一品诰命夫人规格。

自知被讹，但心里舒服。

冯梦麟去补钱，杠夫老大不要，求他收自己儿子为徒，入武行。杠夫是祖业，外人挤不进，他们也出不来。孩子去别的行业当学徒，会遭拒，生生世世转不了行。

冯梦麟："该多少钱，我给。此事免谈。"

"听您的，免谈。四十八杠是我主意，瞒了您，千万别给钱，显得我讹诈。"杠夫老大下了决心，遇阻并不恼。

难产的孩子不能随母亲葬，要装黑漆匣子，沉入沼泽。这是冯梦麟唯一成形的孩子，之前的三个还是汤汤水水。

给孩子出殡订了四人抬杠、六名吹鼓手。杠夫老大劝："除了沉水，还有个习俗，埋在棵树底下，滋养树根，树长着，等于孩子还活着。看您心意，想这么办，我给您退钱。"

不收退钱，说是请杠夫们吃顿饭。国术实践会院子里有树，找了能从他窗口看见的一棵。"您别动手，童子得由童子葬。"杠夫老大叫来他十二岁的儿子挖坑。

合上土，冯梦麟摸树，落了泪。杠夫老大拉儿子跪下："冯大哥，我这辈子活得憋屈，吃饱了混天黑，人间没我什么事。我不想下一代也这样，这孩子给您啦！您当是您儿子吧！"

顾主席汇报高倾竹失踪，京城送信人震怒，租界警局启动抓通缉犯的程序，联络各省警局搜寻，同时指派冯梦麟做替补，入住利顺德酒店，跟尼科诺夫排练。

十日后，未搜到高倾竹，京城方面筹备完毕，冯梦麟随尼科诺夫进京，一夜火车，入住六国饭店。次日中午，京城警局局长摆宴接风，喝得冯梦麟一阵阵犯懒。

习武人练精气神，以睡午觉为耻，坚持到下午二点，尼科诺夫和局长开始聊乌克兰女人，冯梦麟终于告假，回房休息。

床上却蒙头睡个人，掀开被角，挺好看的脸，一个他认识的人。

"唉！"

是高倾竹的姑姑，天津纸扎第一人"生万物"。

纸扎是殉葬火烧的纸人纸马，她扎的纸人五官精细，真人般眉目传情，夜里见了能吓死人。她照着英国赛马扎纸马，骑上个十岁孩子，压不塌。还开发了飞机、轮船、轿车、意大利古堡、美国高楼造型，号称"生万物"，世上有什么，给张照片，她便能扎出来。

高倾竹十二岁进国术实践会，她以照顾侄子为由跟来，住杂役老妈子房，跟老妈子一块洗衣做饭。纸扎行是暴利，古董行一样"三年不开张，开张吃三年"，逢上达官贵人办丧事，能喊出天价。

"您的手黄金万两，别洗衣服洗废了，我们可赔不起！"实践会武师们不落忍。生万物回应："废不了，给我侄子洗，高兴！"她还给冯梦麟洗，武师们渐渐看明白，她是为他来的。

生万物没结过婚，传说二三年换个男人，纸扎店伙计、哥哥手下的杠夫，都比她岁数小，刚入行的愣头小伙子。

冯梦麟办夫人葬礼，订的纸扎是"满朝文武"——骑马抬轿的七十二个纸人，够摆半条街，住洋楼的富商才敢这么花钱，她想他借了债。葬礼日，来了她，说是尽责，要盯纸人入火，为再看看他。

棺材出门前，杠夫们在棺材两侧摆条凳，要他拿雨伞、包袱，跨过棺材，假装出门旅行。向亡灵表示，我走我的，你走你的，从此各走各路。行过这仪式，还可以再娶妻。

雨伞、包袱递到他手里，被退回。武师们相劝，劝坏了，劝出他当众说不会再娶的话。

那一刻，生万物生情，想嫁人。

她钻过他被窝，被他呵斥走……

唉，她又闹这事。离上次赶她，都过去十年了，她再没露面。她还那么爽利漂亮，怎么不老呀？

拽她下床，一路拽出六国饭店大门，甩在街上。街上站着她几个旧相好，油旺旺的小伙子。她撇嘴笑："别以为我没男人，看上你，是给你脸啦！给脸不要脸的东西！"

　　她现出粗鲁，气坏了他。不跟女人对骂，他缩回宾馆，上楼梯时，忽然回到房间床上。

　　怎么回来的……难道是场梦？

　　过去很久，冯梦麟确定自己醒了，掀被起身。怎么把她梦成那样？她是个场面人，从不露粗相，上次赶她，她哭着走的。

　　看表是下午四点二十，老人一样不知道何时睡着。今年四十二岁，可以打败白俄大力士，还可以娶她……

四

仨保安："后来呢？"

"噢。后来……冯梦麟想明白了，一记耳光打不跑高倾竹，是徒弟要成全师父，把京城大名让给他。"

"冯师父成名后，娶了生万物？"

"没成名。"

白俄人多嗜酒。来京演出诸事都是安排好的，由警局坐镇，不像以前全凭个人，要各种提防。尼科诺夫没了压力，连日纵酒，上台表演脖子断铁链，手指滑过，以为掰开了铁环接口，其实没有。

四位请上台的观众勒晕了他，送医院抢救。第一个节目便黄了，断掉后面的事。幕后策划的官员压住记者，不让报道。无声收场，冯梦麟白来了京城。

"男人受过折腾，才能想明白女人的好坏，能回去结婚，冯师父不算白来。"一保安说。

小偷："孩子，十年啦！冯梦麟从小字辈熬成副会长，牛万物还能不变样？"

她嫁了一位说相声的，为后半辈子有乐呵。

冯梦麟从京城归来，武林同道摆酒接风，他酒后跌伤，不久病危。没想过自己寿命短，托人给她带话："幸好没娶你，否则你多难过。"

高倾竹赶回奔丧，在生万物指导下，做成"满朝文武"——骑马乘轿的七十二个纸人，殉葬了师父。

尼科诺夫颈椎间盘脱出，视力模糊、心跳过速、吞咽困难，留在京城治疗。能回到天津了，去找高倾竹，希望要回金牌腰带，说在天津演出量饱和，再演没人看，打算去澳大利亚重新开始。

高倾竹："还你。有个条件，带上我。"

尼科诺夫拿到手，发现真金白银，不是自己那条。那条作为仿造模本，一直留在商会，前两日方取回。

取错了？

尼科诺夫："有了这个，不用去澳大利亚，咱们去美国，卖了它，办工厂！"

小偷住口。

仨保安追问，回答故事完了。

"听了丧气，没法拍电影，张华勋导演是得另编个故事。"

小偷："你这思路，怎么跟一九一六年的官儿一样，只知道振奋民心？张导没用真事，是我们家没告诉他。"

"你们家？"

"我父亲管生万物叫姨奶奶。"

一九七九年，印度译制片《奴里》，是他在北京看的第一场电影，身边坐着"一帮一，一对红"的女生。他小学五年级，父亲调入北影。

父亲六十年代末考上天津剧院表演训练班，跑过话剧龙套，从未演过有词的角色。如此资历，无法直接进北影演员部，走迂回路线，先进的美术部。

调入理由为"引进特殊人才"。父亲自称天津纸扎第一人生万物是他奶奶的亲妹妹，临死前传了他手艺。纸扎作为封建迷信，已在社会上消失三十年。

一位老导演筹备新片，写有出殡一笔，听闻调入纸扎高手，赶来请教，谈十五分钟结束，没再来。美术部的人便知道，新来的这位是托关系进的，不会纸扎。

父亲的关系不太硬，迟迟调不进演员部，在美术部不名誉地混着。熬到一九八一年，等来扬眉吐气的机会，张华勋导演筹备《武林志》，拍天津人打败白俄大力士。

这不就是拍我家的事么？高倾竹是我舅大爷——热血沸腾，父亲去了导演部。没见到张导，张导助手在。

多年冷遇，令父亲谨慎，没自报血统。得知是拍一九一八年打败白俄大力士的事，父亲："噢，不是一九一六年的？"退出导演部。

一九一八年，冯梦麟已死，高倾竹出国。又有白俄大力士来华，天津商会仿造的十一条金牌腰带被索走，京城官员办成了二年前没办成的事。

谁打的大力士？

父亲不知道，只好依旧不名誉地混下去。

一保安打断："等等，你之前交代，你父亲备受尊重，月底没钱，让你去菜站捡碎菜叶，菜站的人会扔给你整棵白菜。"

"唉！别人的事，安我头上，为震慑捉我的老人们。"

"理解。谁的儿子能得到整棵白菜？"

"看破我父亲的老导演。"

一九八三年，《武林志》公映，遭专家批判，张华勋导演表态"不再拍武打片"。

失联多年的关系找到父亲，告诉有一伙年轻人在策划"群众影评"，发动普通观众再评一轮《武林志》，要他好好表现，说出专家没说出的话。

"知道你在美术部憋屈，只要研讨会上出了彩，我就有办法把你调入剧本部，离演员部又近了一步。"

父亲热血沸腾，搜罗所有专家评论后，怯了场。专家们用尽词汇，覆盖所有角度，不可能再出新。

父亲的专业是演员，"同一个莎士比亚剧本，不同演员能演出不同的哈姆雷特"——第一次上表演课老师讲的话，刻骨铭心。定下战略，放弃内容，形式出新。

研讨会上，见到其他"群众"，音乐学院小提琴教师、民族歌舞团舞者、京剧院灯光师、连环画画家……尽是文艺圈内小字辈，不是想象中的工人农民。研讨会借用北影会议室，北影出的"群众"，除了他，还有"一帮一，一对红"女生的母亲，她去影院听了此片。

开始发言，皆赞美肯定，都是直观感受。

难道不参考一下之前的专家意见么？太不用心，烂泥扶不上墙，绳子拎不起豆腐……父亲心里有了底，借口上厕所，暂离会场，找到在楼外等候的儿子："把东西拿来吧。"

儿子迅速往家跑。这是他家翻身机会，让儿子逃课助阵。

回到会议室，听过几个乏味发言，轮到女生母亲讲话，以盲人感受评价《武林志》，依旧赞美。唯一批评，是进入音乐段落，没了台词，不知道银幕上发生什么，希望导演重视，拍下一部影片时改正。

嗯，这倒是个新角度……她结束发言，父亲报以热烈掌声。主持会议的，是一位杂志主编、器材科科长、看破自己的老导演、自己的那位关系。

关系投来温暖的一瞥，示意轮到他发言。

二分钟前，儿子推开会议室门一道缝，表明东西已到。开门，儿子抱进个殉葬纸人，眉眼逼真，半夜见了能吓死人。

父亲："送给《武林志》。"

感到室内一静，知道造成"开场红"效果——剧院跑龙套时学到，演员登场，如能让观众屏住呼吸二秒，便成功九成，之后怎么演都是对的，因为抓住了人心。

父亲信心倍增，开始演讲：

"说是武打片，更像历史片，为何不认真学习一下香港武打片？香港武打片情节夸张、打斗血腥，讨好小市民趣味，借鉴港片，自甘下品！为何以悲剧结尾？好人不是死了就是逃亡，难道说维护正义没好处？心理阴暗，质疑正义！主人公为打败白俄大力士，放弃营救女儿，为了正义，反了人性……"

父亲汇总各专家意见，诗朗诵般念出，听起来一气呵成，逻辑通畅。演员特性，不需表演结束再听观众反馈，过程中已知好坏。

凭第六感，父亲自知成功，提高音量，做出总结："影片主题，按张导的话是——河山永存，民众之功。肯定了民众自觉性，但这种自觉是本能化、情感化的，未能上升到思想高度，对国际形势做出分析、展示经济学最新成果、建立哲学体系。"

没有掌声。剧场经验，观众深受震撼后需要缓冲，等几分钟才会想起鼓掌，将是掀翻屋顶的巨大音量……

老导演毁了一切，站起来说话，令想鼓掌的人失去契机。"纸人超棒，我买下啦。"掏出十元钱，死活要父亲收下。

父亲本想大大方方地说"送您啦！您看得上，就是我最大的酬劳"，忽记起多年困境是他造成……

五年前被看破，父亲每个周日都潜回天津，向生万物当年一个小伙计学纸扎。伙计九十五岁，托警察搜卷宗才找到。

半年后，父亲在美术部门口三小时扎成一匹纸马，英国赛马的形，肩高一米七，坐上个十岁小孩压不塌。未得到尊敬，得到句冷话："学会了？"

五年来，他跟了二部电影拍摄，接触不上图纸设计、搭景制作，现场清理废料、搬道具，美术组和场工组之间分工模糊的活儿，场工干也可以……

狠心拿下这张钱。它象征胜利，该镜框装裱，挂于客厅。

杂志主编起身开窗，说抽烟人多，研讨暂停，清清空气。众人向走廊散开，主编凑近，表扬父亲："您的发言，一听就准备了很久，感谢您的认真。您是占用工作时间来参加研讨的吧？回去工作吧，下半场不用在。"

受尊重的感觉，如梦如醉，父亲听话走了。出楼二十步，关系追上，不避路人地大吼："谁让你送纸人的？"

五年来，关系为避嫌，碰上父亲都装看不见，从不搭话。父亲惊诧："您叫我说出专家没说出的话，我没这本事，唯一能超过专家的，是场面效果……"

"哎呀，专家都在批评，专家没说出的话，是赞美！"

搞群众影评，为对抗专家，支持张导。

理解万岁……理解反了。

父亲摸出十元给儿子："这钱脏，你花光。"

五

保安甲："你家是没法在北影待了。"

小偷："是。"

保安乙："群众影评，管用么？"

小偷："《武林志》获年度二等奖。"

保安丙："太好了。张导又拍武打片了？"

小偷："没。"

仨保安："为什么？"

小偷："我想的。"

一九八三年，全家离开北影那天，他在"一帮一，一对红"女生家门口柜子里偷了一个苹果，被女生母亲发现。

她请他进门，今天周日，女生出去玩了。她取出盒磁带，说知道他家搬走，送作纪念。是香港歌星徐小凤《风的季节》，盗版风靡内地，她说这盘是原版。

"我家没买录音机。给我没用。"

"以后会有。"

不知在几年后，他想先听一下，给放了。徐小凤从不飙高音，往低走，沉到人脚面。

沉得他难过："阿姨，我爸活成了笑话。我真恨他。"

"别恨你爸，你以后会成为他。"

"不会！"

"会。父母，等于剧本。你小时候看到的，大了就照着演，控制不住。"

"……阿姨，我有点怕。"

"别怕。阿姨在黑暗中，从来就不怕。"

她笑了，凭实力调入演员部的人，能上大银幕的笑。她女儿也这样笑，他原想能看好些年。

"她不理你，是我想的。"

盲了后，现实呈现出另一种构成方式，蒸汽般的一个个人类念头，海市蜃楼般造出世界。离远了，有一切，走近，是空无。

现实，不实。主观造出客观，看的欲望造出大千世界。她如此把握了现实，让女儿捏泥人般长大。

"你第一次来我家，心知她像小时候喜欢布娃娃一样喜欢你，便想试试她不喜欢。"

不还售票员十块钱，原来是阿姨造成……问，您给我装上的恶念？

她说不用管那么细，定下主题，现实会自行补充，如一位善解导演意图的编剧。女儿没说过他坏话，拿回雨水浇坏的草帽后，再没带他回家做作业。她便明白，想成了事。

"原谅阿姨。"

他完全害怕，奔到门口，却忍不住问："您能不能再想一次，让我俩恢复以前那样？"

"你不会自己想呀？"再次浮现大银幕的笑，"教你口诀，是天后宫里的一支签。"

滴反光药水，造成眼盲，属于拍摄事故。经特批，让她去香港治疗，确诊无法挽回后，她想去寺庙求一支签。求签是迷信，内地寺庙早绝迹。亲戚陪她去铜锣湾天后宫，抽到"当前一念，是我师，胜于礼拜十方佛"。

没提示日后生活，亲戚要再抽。她没有，认了这支签，五年后悟出现实不实。

毛骨悚然，家里听过。生万物临死前没教父亲手艺，教了这句话。天津也有座天后宫，小姑娘时抽的签，可惜晚年才明白，如早明白，便是另一番人生，冯梦麟不会暴死，会娶她。

父亲想两天没懂，再没好好想，受困美术部后，抱怨传手艺更实在，姨奶奶不地道，给了句空话。

姨奶奶显灵，父亲不学的，让儿子学……

他老实了，听从教导："你先想三件事，看隔段时间，哪件会实现。"

离了她家，坐上搬家卡车。驶出北影拱桥形大门时，上望一眼，真像在桥底下。想出三件事：一，女生来找他；二，父亲当上演员；三……试个大事吧，张华勋导演不再拍武打片……

一保安："天快亮啦，您别吓唬人。"

小偷："被吓着的是我，坐了半小时卡车，下车时父亲成了演员。"

父亲调到木偶剧团，幕后给木偶配音。虽然打了折扣，不现人身，毕竟还是演员。

一保安："您就是闹失恋，不关心家里的事，您父亲调动工作至少忙俩月，怎么是你半小时变的？"

小偷笑了："我后来也这么想。之前跟你们讲，出了北影，三十六年没回来，那是我爸。一年内我差不多每天回。"

女生迟迟不来找他。一周至少四次，他晚饭后骑一小时车回北影，在她家楼下看十分钟……有时一小时。

一年后，他俩考上不同高中，张华勋导演去拍石油勘探的电影了。她，是三件事里唯一没成的。

高中班上有位漂亮女生，入学第一堂体育课，男老师教男生打篮球，女老师教女生玩单杠。篮球失手滚到单杠处，漂亮女生拾起，往篮球场送，僵了半场男生。

她在她的高中，男生也这样看她吧……

忍不住下午旷课，回北影敲女生家门。这个时段，女生未放学，母亲在，要再问问她。器材科科长在，跪在电视机下安装录像机，地上摆满商品盒，他又去了香港？

阿姨开口便吓住他："想你该来了。"

忍了一年未问，确是害怕她。不等问，她说："阿姨练了十二年，中间怀疑，放弃几次，效率低。你不疑，便会快。"

科长："你教孩子练什么？"

"念台词。阿姨跟叔叔还有事，走吧你。"

下楼，他没走，候在北影拱桥大门下。三小时后，女生回来，车筐里装面包和带鱼，小学三年级她已做饭。她烫了发，显漂亮也显岁数大，落在银幕上可以谈恋爱。

今日风沙，未到黄昏天已黄。她看见他，下车问："你等我？"他穿着整洁，却觉得自己落魄，想快速结束见面，说出让一切坏到底的话："问你件事，能跟我好么？"

她凝住眼："有的事，不可能。"香港剧集《上海滩》台词，女主角要求黑帮老大放弃黑帮，跟她私奔，老大如此答复。

她帅极了。他没再回北影。

高中一年级暑假，他家有了录音机，放上徐小凤磁带，听到歌词"风把一切都带走"。次年有了录像机，借来《上海滩》全集，背下所有台词。

这些词，在极速变化的新时代里很管用，新时代本是看《上海滩》的一拨大人建立的。高中三年级，他为争女生打了班上同学，终于觉得自己像个黑帮。

大学二年级，葛优已发迹。张华勋导演新片上演，是部喜剧片。他骑车一个半小时到北影大门，默语："对不起张导，您拍武打片吧。"飞驰而过。

次年，武打片《五台山奇情》公映，导演张华勋。

二〇一九年十二月二十日，父亲晨练时听说《叶问4》里打洋人，要看。《武林志》也打洋人，群众影评人经历，是父亲一生之耻，三十五年没提过。到三十六年，日日提，视为平生壮举，认为是自己造成张华勋再没拍武打片。

"拍了,《五台山奇情》外,还有《白衣女侠》《铸剑》。"

"不,那不是他。"

毁了一位导演,每日想起,父亲都会高兴地说很久。父亲晨练,需邻居带回家,患了老年痴呆。

他订的晚七点场,看后父亲无比伤心:"我的态度很明确,这种电影不该拍,怎么又有了?我的话不管用了吗?"

开车回家,听在后座的父亲说:"我要是死了,你回北影告诉张导一声,建立哲学体系……"父亲这么死了。

医院地下一层是外包的殡仪馆,他买寿衣,租冰柜。五十分钟后,殡仪人员将父亲穿戴整齐,经过轻微化妆,气色比生前好,配得上"大慈大悲"四字。

陪过二十分钟,殡仪人员要他走,等火化通知。

他走到北影。

保安甲:"不知您家里出事!抱歉抱歉。其实您早可以走了,逗您说话,为耗到《叶问4》早场。抱歉抱歉。"

小偷："是我在逗你们，我也为耗时间。"

保安乙："老人都晨练……你在等张华勋！"

小偷显出坚毅之色，望向窗外。天色渐亮，已有人下楼。

仁保安手机搜到，哲学家很难建立体系。二千六百年来，西方仅柏拉图、亚里士多德、康德、黑格尔四人。

担心张导，仁保安追出传达室。

见小偷被一位满头白发的老人拦住："你跟小时候没变样！"小偷皱眉，二秒后惊叫："科长！"

是器材科科长，传言中女生母亲的相好。

"盲阿姨还好么？"

"正要告诉你。"

盲阿姨大有来头，父辈五兄弟二十年代北平组建话剧社、三十年代上海经营芭蕾演出、四十年代香港创办电影公司，兄长们就此定居香港。她父亲留下，老规矩是"小儿子留家守灶台"，他这支血脉不离内地山河气脉。

七十年代末，科长去香港买器材，托了她的关系。她家的香港货，是伯伯家送的，科长带回。她的关系需保密，因总去送东西，科长被传为她的情人，蒙受十五年不白之冤。

九十年代初，她携女儿迁居香港，她的关系终于公开。科长告诉了厂里每个人，甚至头脑发热，去木偶剧团找过小偷父亲，没找着。

父亲响应号召，已下海经商。他不是商业人才，倒卖广州服装，合股建方便面厂，批发新疆水果，经销俄罗斯旧货……多成多败，几度欠债，倾家荡产。最终重拾纸扎手艺，六十岁开始各省接活儿，跑了八年，挣下养老钱。

父亲作为唯一漏网之鱼，成了科长多年心病。"我都七十八岁啦，老天厚道，让碰见你，没让我带着遗憾走。"科长落泪。

小偷："阿姨跟您说过天后宫里一支签么？"科长说讲了，作为告别留念，但没解释什么意思。

当前一念，是我师，胜于礼拜一切佛——事过多年，科长自己攥出个意思：一念之善，胜过拜佛千万。活在坏时代的坏处，是恶人恶事会让人狠心，再难生善。

小偷："伯伯，您想错了。阿姨说的当前一念，不是善意。现实一切都是水汽幻影，你想看到什么，就会看到什么。当前一念，是没想看什么的时候。"

科长难过："她是伤心透了，什么都不想看了。"不好说他又理解错，小偷劝他去医院检查。控制不住泪，是心脏病早期症状。

仨保安警觉，见小偷盯上走出楼门的又一拨老人。小偷迎上："导演早，家父临终让我转告您，您的电影主题——河山永存，民众之功——他懂了。"深鞠一躬，跑出北影后门。

看过早场电影，仨保安回宿舍睡不着，为验证小偷的话是否属实，一保安蹲下，单手握住条椅子腿，试试是否举不起来。

一下举起。

仨保安睡了，躺下后相互安慰："从前的椅子跟现在不一样。"

弥勒，弥赛亚

一

"主，我在奔命中，如果我忘记你，请不要忘记我。"

——一九四三年冬，上海许多人学说这句话，因为提篮桥区电车闹鬼事件。提篮桥区人自认提篮桥区还不是上海，"上海"指的是外滩洋行、花园弄商街的高楼，去那里叫"去上海"。

提篮桥区，破破烂烂，驻着日军。

电车售票员由缠红头巾的印度人担当，车票锡质，白灿如银。正午时分，一车人发现，上来位无头乘客，黑帽黑袍，领口上压着暗棕色胡须，胡须到帽檐间一片空白。

他坐一站，下车，没买票。

恐怖在当晚广传，说提篮桥区新接纳的一千一百名波兰犹太人，带来了魔鬼。

一些据说是天主教的祈祷词在民众中流传，可抵御魔鬼，其中"如果我忘记你，请不要忘记我"最为管用。

上海人对犹太人并不陌生，上海有九家犹太协会、七所犹太教堂，上海本是犹太天下。提篮桥区人认为的"上海"高楼，基本是沙逊和哈同的私产，他俩是印度犹太人。

法租界卖奢侈品的霞飞路，多是俄国犹太人商铺。德国、奥地利、捷克斯洛伐克、立陶宛、拉脱维亚等国犹太人在欧洲受迫害，在上海活得五脏俱全，建小学、医院、报社、法院。一九四三年，上海犹太人数逼近三万。

在欧洲，批驳犹太教理，是天主教神学基础。在上海，天主教不多言，甚至示好，上海九家犹太协会，有一家是天主教办的，名为"宋朝犹太人研究会"，只有一个人，一九三五年来上海的德国神父，名叫多恩。

他游历河南，购到希伯来语《圣经》古籍，发现北宋来华的犹太人后裔——北宋，八百年前。他回上海，友好告知印度犹太人，反应冷淡。多恩不知，上一代印度犹太人已发现他们。

按犹太种族标准，河南的不是犹太人。他们的教堂，上帝牌位和大清皇帝牌位并列，遵汉人的《朱子家训》，守佛教居士戒。教理不纯，血统亦不纯。

犹太人的弥赛亚——未来拯救犹太人兼济全人类的救世主，特征之一是"女人的儿子"，犹太人是母系血统，母亲是犹太人才是犹太人。河南的早学了汉人的父系血统，娶外族女子，成了亚洲鼻眼，除体毛略浓，几无白种人特征。

迫于多恩神父的热心，印度犹太人用希伯来语给河南写了问候信，知他们早失语言，不会看懂。

果然无回信，来了四个人，多恩带他们接洽，印度犹太人招聘般，给四人安排了看大门和送面包的工作。

多恩泄气，重新认识犹太人。观察到上海各类犹太人有一个共同点，爱讲上海没有的波兰犹太人笑话，嘲笑其落后土气。

欧洲反犹浪潮加剧，波兰犹太人到来，发现波兰犹太人亦看不起他们，认为上帝命犹太人弃绝俗世，专心奉主，为考验，又给了犹太人经商头脑，他们是没经住考验的人。

新来的一千一百名波兰犹太人里，含一个犹太经学院。

耳语经学院，以所在地"耳语镇"命名，师生二百四十八名，跟了些镇上的犹太居民，共计三百八十八人，男女老幼皆眉端上扬，随时要笑的神情。成年男子长鬈长须，面皮白润似婴儿，少女般唇色粉红。

他们黑帽黑袍，电车无头鬼一样衣着。

那个鬼故事，多恩认为是俄国犹太人看不惯他们形象，新编的笑话。"如果我忘记你，请不要忘记我"是俄国人爱说的话，与人初次见面后的告别语，强调热情。

耳语经学院以论辩著称，认为论辩是上帝的喜好，天使之间说个不停，经学院吵闹的课堂等同天堂。

在欧洲，公元三世纪后，犹太教成为异端，再无与天主教论战资格。在上海，与最善辩论的犹太经学院做一次交锋，令多恩神父产生学术冲动……

没有机会。

一千一百名波兰犹太人被日军押进提篮桥区"无国籍难民指定地"。

当时日本侵略中国已六年，与美国开战已两年。

二

"无国籍难民指定地"关口，来了位戴蓝帽青年，汉人脸，自称犹太人，要求进入。他眼神哀伤，腰挂一串灰皮大蒜，垂达脚面。

"指定地"没有侮辱性的铁丝网，日军让犹太人自己把守街口。里面原有七千多上海居民，持红色通行证出入，部分犹太人可外出工作，持黄色通行证。

"无国籍难民"不包括印俄犹太人，指被纳粹取消国籍的德奥犹太人、被德军灭国的东欧犹太人，约一万四千人。他们以手工、倒卖、当乐手等方式挣钱，其中三千人从未就业，靠援助过活。

援助来自上海的各家犹太协会，三千人多是没有从业能力的老弱者，拒绝从业的，是耳语经学院师生。

经学院认为：恪守苦难，等待弥赛亚降临，是犹太人唯一使命。改善生活，将铸成大错，错误的极致是自我拯救。印度犹太人以商业自救、俄国犹太人以武力自救，忘了拯救只属于弥赛亚，人为造作，将阻碍弥赛亚降临……

既然印俄犹太人如此错误，为何还接受他们的金钱？

并未在好辩的经学院内引发辩论，一致认为是上帝的安排。

经学院有一位教师，觉得多少得做点什么。他五十三岁，孤身而来，妻子和六个孩子留在波兰耳语镇。妻子是本地人，不愿离乡，不怕即将到来的德军迫害，认为世交的邻居们会保护她。她那么自信，他信了她。

五十三岁，老得让人信服，他的学生有四十二名。知道要来上海，他带学生们学习求救的中日口语，遭院长指责，说是懦弱的表现，四十二名学生冷淡了他。

他一个人学习，原只想学基础口语，上帝襄助，八星期看懂了中日文报纸。玫瑰山——是他给自己起的中国名，源于他的犹太姓氏。

语言技能，让他找到工作——街口检查。指定地里的德奥犹太人成立组织，负责接收发放援助金、裁决、治安。指定地有三十多个街口，检查出入证，三小时一换班，有微薄工资。

让犹太人自己看管自己，是日军的"相对主义"——自律，优待持续；借机乱来，便架铁丝网、改由日军看守，甚至迁出城区，置于荒郊。

玫瑰山被告知，检查出入证，关系一万四千人荣辱。

指定地内的犹太人和华人眼中，他都是个讨厌的人。忘带证件，他让人跑回家取。因为轮班，他看不到，别的检查员遇此情况，见是熟脸，都一笑放行。

出入证要找日军申办，快则半月慢则两月，为免麻烦，指定地华人的亲友来访，多是向邻居借出入证，关口一晃，蒙混进来。他则每个证件都翻开，核对仔细，绝不通融。

他问蓝帽青年，明明白白的汉人脸，为何自信是犹太人？

蓝帽青年撩起拴腰大蒜，说他着魔了，魔鬼是最好的身份证明。

汉地没有魔鬼，只有死者化的鬼、动物成的精。对抗上帝的是魔鬼，被魔鬼纠缠，证明他不是汉人。二百年前，他的祖辈穿过九块沙漠、九条大山、九汪大湖，九死一生，来到河南。

玫瑰山的反应是："不是八百年前么？"到上海后，听过天主教多恩神父发掘河南犹太人旧闻。北宋年间，八百年前。

蓝帽青年眼神哀伤，剥出一瓣蒜，白洁至极，入嘴嚼了："相信我，二百年，是我从小听到的数。"

大蒜驱魔，据说天使显现时的净场气味近乎大蒜。

"怎么辨别，你遇到的不是汉人的死鬼、妖精？"

"鬼、妖让人愚蠢，魔鬼让人仇恨。"

从未听过的概念，玫瑰山急抬眼，看到一张哀伤倍增的脸。

街口对面，是"大陆架咖啡馆"，一九四〇年由五名德国犹太人创办，已被日军接管，让日本侨民做服务员。

玫瑰山："世上终有美好的一天，你的名字？"

"买壮途。"

换班后，想看看日本姑娘。

三

人，施暴的物种，天使视为"脏血"。我们是上帝第二次造人，上帝第一次造的人，尽数毁于自相残杀，一个未留。第二次造人，又加上"欺骗"的基因设定。天使们认为，会比第一次更快灭绝。

哪知，暴力与欺骗搭配，生出一种天使们未见过的东西——"美感"。钻石与煤元素构成相同，呈现不同。暴力与魅力同构，欺骗与创新同构，魅力和创新产生美感。

沾着同类鲜血的手，也会在岩壁上画一朵花。美感延缓了自毁。

魔鬼是上帝的助手，魔鬼蛊惑人心，增加暴力与欺骗的配量，以更新美感。弥赛亚是应急措施，当暴力和欺骗过量，行将崩盘，降生一人来稀释。

——以上是玫瑰山的经学研究，自知异端，曾跟院长一人汇报，说了两句，被斥退。他未放弃，继续补充完善，要成一家之言。一个汉人的魔鬼经验，必定驴唇不对马嘴，但……或许有意外价值。

买壮途以前喝过咖啡，中国农村的西化程度令玫瑰山意外。他说现今乡下立契约，杀公鸡、烧咖啡。旧习俗是一碗凉水点几滴鸡血，契约双方饮下。见城里富人饮咖啡，乡下人看来，比凉水隆重。

据此细节，便可否定他是犹太后裔。

犹太人视血液不洁，吃肉要漂净鲜血。汉人相反，视血为贵，所以饮血盟誓，鸡血替代的是人血。

他戴蓝帽……玫瑰山戴黑帽。犹太人观念，头上是天堂，戴帽是对上帝的恭敬。问他为何戴帽，他说是祖辈打仗遗风，软帽是铁盔的内衬，好随时戴上。

为戴铁盔……玫瑰山叹气，请他讲他魔鬼的经历。

多恩神父找到的北宋犹太人后裔在河南中部，他跟他们没关系，他生在河南最南端的骡子营村，东连安徽，南接湖北，三省交界、四河相岔的凶恶地。

村人四百，配种骡子为业。他十岁来过上海，他父亲和三个大人带他来的，还有个女孩，小他二岁。来了几日，大人们就不回来了，他俩只有小孩的零花钱，被旅馆赶走。

八岁的女孩比十岁男孩智商高，知道上海有拐卖儿童的事，她要求跟他结婚。看过大人婚礼上宣读婚约，有"打仗时妻子做了俘虏，丈夫要营救"一条，以保证她被人贩子抓走，他要救她。

骡子营结婚前，男女要分别洗澡，掰一片澡盆木板带上婚礼，两片澡盆板是结婚物证。他俩用零花钱，洗了澡。在新桥路的"龙园盆汤"，男浴一楼，女浴二楼，她没交回澡票。

澡票是根竹签，首尾烙铁烫花，中央是漆字"26"。

她说，有了物证。

他俩夜宿街头，没有挨饿，因为他挣钱。澡堂里有小吃、修脚、搓澡、剃头服务，理发后会顺手按摩几下，他看会了。

上海贫民区有走街串巷的剃头匠，他带她跟随，手拎个从别人家门口偷的板凳。理发后有按摩，看人要是被搞得一脸舒服，他会跑上问："想不想多掐几下？"

一百二十下。

按摩是剃头匠的额外服务，就是几下，刚舒服便停。一脸舒服的人很难拒绝。大人坐小板凳，近乎蹲着，他俩站着，手刚好够到头。她负责左脑袋，他管右脑袋，各按六十下。

大人一般都欺负小孩，给很少钱，有时还被剃头匠收走大数，说是自己客人，他俩抢活儿。

十八天后，脏得没人愿意让他俩碰脑袋。她决定省三日饭钱，再洗次澡。这次，他也偷了澡票，数字"75"。

男女双方的结婚物证，齐全了。

洗干净后，他俩是令人赞叹的漂亮小孩，日后也会是漂亮青年。她告诉他，随着他俩日渐长高，就不受欺了，大人会给足钱。当她思考如何在上海致富时，没想到村人会寻来。

回村一年后，清明节扫墓，他才知道，父亲和三个大人死在上海。他和她结婚的事，没敢跟大人说，留着两根竹签。

骡子营，驴马多。骡子是驴马杂种，有马的力气，比马驯服，不能生育，骡子只一代。民间运输，主要靠骡子拉车，需求量大，便有了专营配种的职业，养到一岁卖出，一卖就光，村里常见不到骡子。

有民谣："骡子营，三大怪——驴比骡子多，海米就大蒜，十五六的姑娘浪荡坏。"海米就大蒜，是村里独有吃法，女人婚前无贞洁观念。

村里规矩，男女订婚后，要过一年再结婚，一年空当用来观察女方是否怀有他人孩子。

她十五岁喝苦茶——产自安徽的避孕草药。她第一次是跟他好的，她也跟别人好，哪几人？他有的知道有的不知道，她有时只跟人好一次。

她玩到十七岁，跟他结婚。婚礼上，按习俗拿把弯刀，原地转圈，身前身后挥舞，象征砍死所有情人，今日起忠于丈夫。他从山里捉了条蛇，用布包了，婚礼上一脚踩死，象征不受魔鬼诱惑，忠于她。

婚姻不保证从一而终，可以离婚。村里女人嫁三次的多，村东村西都住过。"我没动过地方"的话，没几个女人能说，他妈能说。他妈守寡，他妈是村里当家人，各户不能单独做骡子买卖，由她统一谋算。

他妈要她日后继承权位，悉心传授，她也学得津津有味，但悲剧还是发生，她要离婚。

怪日本人打来，不断传来屠村的消息，他妈带全村人远走避祸。离了村，她接触外界，喜欢上外人。按习俗，离婚后，女人还要住七十天，经历两次月经，才能搬走，保证没怀上丈夫的骨肉。

熬到六十九天，他夜里寻进她房，问她还记不记得小时候在上海给人掐头的事，他想给她掐掐。

她一脸舒服后，他摸她腰，她没拒绝，和他又有了一夜。天亮前，两人醒了，新婚般说话。他以为他留住了她，她说她多留七十天。

天亮后，他出了她房，昏天昏地走了三天，第四天觉得身上脏，想洗澡，奔向上海。

日军封锁上海，他命好，搭上艘运粮船，做苦力扛米袋进来。寻到新桥路，泡在十几年前泡过的池子里，听身边人聊天，童年的耳朵回来，又懂了上海话。

听到日军设立指定地，局限犹太人，想到，骡子营前后三十几个村，没一个村女人像他们村这样。

都是婚前守贞，从一而终。

外村人嘲笑他们村，村里老人会说，我们跟你们不一样，我们跟上海的洋人是一个种，来得早，没混好。

他想认祖归宗，进指定地，做个标标准准的犹太人，这辈子不想再见一个骡子营人。

玫瑰山："孩子，你遇到的魔鬼是？"

他说第六十九天，摸进她房的一刻，觉得自己就是魔鬼。

深得玫瑰山赞赏："你有经学天赋！魔鬼不常以魔鬼的形象出现，魔鬼的常态，是人的想法。"

他的婚礼，有一二细节近乎犹太婚礼，而骡子营女人的肆无忌惮，三千年前，同在美索不达米亚平原上的几个令犹太人厌恶的部族会这样……难道，他们是沾染了异族习俗的犹太人？

玫瑰山震惊于自己这么想，他说他祖辈来华是二百年前，为何想到了三千年前？该不会有好感，深心里希望他是犹太人……

还是想想二百年前的事吧！

玫瑰山再次惊白了脸。

二百年前，有个犹太人，自称弥赛亚。

四

一六四八年，土耳其，士麦拿城，一位二十二岁犹太青年宣布自己是弥赛亚，被驱逐出城。一六六五年，中年的他回到士麦拿，再次宣称是弥赛亚。

弥赛亚不是犹太人专有，是共有的救世主，中东各族皆有传说。不依神迹，以人类手段拯救人类，不是精神领袖，是实权君主。

他得到威尼斯、汉堡、伦敦、阿姆斯特丹、加沙、莫斯科、开罗等地犹太人狂热拥护，影响非犹太市民，甚至天主教徒，期待他早日接管土耳其，进而接管全世界。

他去接管土耳其第一大城伊斯坦布尔，遭拘捕。为免死刑，他皈依了伊斯兰教，受土耳其国王任命，服务宫廷。欧洲历史上规模最大的"救世主运动"，不料是救世主改了信仰的结局。

失去广大信徒后，他在宫廷待了几年，被驱逐出宫，很快病亡。

他叫沙贝塔伊。仍有小股人坚信他是弥赛亚，坚信的理由是，士麦拿城文案记录上的他，刚直激昂，近乎狂人。屠刀前，这种人会拼命，改变他的不可能是死亡，只会是承诺。

公元七世纪古籍《穆斯耐库德》记载，弥赛亚降临，先做阿拉伯的王，再接管世界，在位四十年。他之后，世界美好。改良人类，只需四十年。

土耳其国王展示古文，许诺向他让出王位。为证明自己是弥赛亚，先要成为个阿拉伯人，他所以改信。

土耳其国王骗了他。但，弥赛亚怎会被愚弄？

身败名裂后，他残余的坚信者在士麦拿、阿姆斯特丹、维尔纽斯继续集会，坚持百余年方销声匿迹。威尼斯原也有坚信者，是他的警卫团，能打仗的一伙人，应该坚持得更久，但在沙贝塔伊逝世七年纪念日，他们一夜消失。

他们的出走，二百年无答案，是一桩水城迷案。

难道是向东，走到骡子营……

玫瑰山喝尽咖啡，对买壮途说，核对他的犹太血统，需咨询一位天主教神父。出于礼貌，要买壮途先去通报，他随后到。

神父叫多恩，在吕班路上的白色教堂，外墙钉个木条"宋朝犹太人研究会"，应该好找。

耳语经学院没有神职制服，穿黑帽黑袍，是波兰犹太男性日常服装——总被误解为犹太教神职制服。毕竟是去别种宗教场所，为避免误会，玫瑰山回指定地，向奥地利犹太邻居借了上衣下裤的休闲西装。

奥地利犹太人多借给他一副白手套，薄如女子面纱，要他把结婚戒指戴手套外，说这样讲究，别人会看得起他。

吕班路教堂，法国天主教所建。法国战败得早，去年一个德国纳粹头目路经上海，代表德国接管了教堂，四壁挂上纳粹党旗和德国各省地图，多恩作为上海不多的德国人神父，被指派为驻堂。

许久前便期待与犹太教论战，听到耳语经学院一位五十岁经师来访，多恩携副驻堂、二名执事、五名女义工，在教堂门口迎接。急熨的罗马大袍形状方挺，质地高级，此样式本是古代骑兵风衣，羞涩地感到自己威风凛凛，对即将到来的交锋充满信心。

玫瑰山浪费钱，坐人力车来的。害怕不快点，情绪过后，便再不会说出心中所想。急于见多恩神父，因为跟买壮途说话，令他产生一个想法，近乎魔鬼。

看到多恩神父的黑森森大袍，对自己的白手套感到自卑，斜眼，见买壮途在草地边溜达。

他怎么改了衣服？还是腰挂大蒜，换了件明黄色外褂。

玫瑰山拒绝了女义工献花，说花被剪断，是遭残害的生命，犹太人不接受生命的献礼。还说，超越形象方能接近上帝，古犹太人连星星都不久望，他不能进入满是雕像的天主教堂。

止步在教堂外，问多恩："两千年来，犹太人如撒出的饲料，散落四方。从未像今日上海般密拢一地，您是否思索过上帝的用意？"

"……上帝总在事后显露用意。"

"或许，我知道！"

"……请讲。"

"上帝用苦难将各地犹太人集中上海，因为弥赛亚要在上海出现！"

多恩觉得站姿难受，调整下左脚，维持风度："尊敬的教师，历史上有许多自称弥赛亚的人，每次都失信于信他的人。"

玫瑰山："感谢您的提醒，世上终有美好的一天。"

这句话便是弥赛亚信仰，美好的一天，指弥赛亚降临的那天。

玫瑰山和买壮途走后，多恩有挥之不去的失败感。

见多恩神父，原本要问许多话，宋朝犹太人的历史、汉地有无近似弥赛亚的救世主传说……没问，因为买壮途换上的黄色外褂。

问他怎么换了新衣。

他说为躲避魔鬼。上海街头，比他小时候好，问怎么去吕班路，路边行人抢着回答。八岁的她说对了，成为大人有福利。

上海道路曲折，没人能凭空指点明白。说了一圈后，有人建议"你还是坐电车吧"。

电车行驶，透过车窗观上海街景，看到她一晃而过……

玫瑰山询问："哪个她？"

他："她。"

骡子营村民为躲避日军，迁进黄河水灾后形成的一片四百里沼泽，沼泽深处意外繁华，硬土区聚着几十户河南和安徽富商，有赌场、妓院、饭庄、钱庄和电影院，遥控漯河、淮河出海口的商贸秩序。

她在那儿玩得不亦乐乎，不可能在上海。他看到的，是心中的魔鬼。

吕班路教堂离电车站八十米，他下车后，见有中国人开的寿衣店。死者入殓棺材的衣着叫寿衣，由内到外要五层。他进店，单买了件外褂。

色度太纯，简直明亮。明黄色是清朝皇帝专用，清朝亡后，寿衣用上明黄，老百姓喜欢贵如帝王。活人穿寿衣，太不吉利，但中邪的人穿，可驱邪。

"原来如此。你心可怜。"玫瑰山慨叹，心里想的是另一码事。公元七世纪古籍《穆斯耐库德》预言了弥赛亚出现时的特征——腰系银带，身着黄衣。

他腰挂一串大蒜，剥了皮便是白色，符合"银带"。不管以何心态换的衣服，毕竟是明确的黄色。

虽然他土里土气的样子，很难相信祖上是沙贝塔伊的英武卫士，来自风情的威尼斯，但细看五官，还是比一般汉人线条突出。

他见识少、不聪明，但时候一到，会瞬间生成智慧，拯救犹太人，领导全人类……一切推理，起因于大陆架咖啡馆的对坐，坐在他对面，听他讲他的倒霉事，玫瑰山忽然感到自卑，自卑得希望死去。

类似动物遇上天敌，类似小孩遇上大人，类似渔民遇上海啸。他，是玫瑰山遇上的王者。感谢上帝，让他穿上黄衣，证明了他。

在电车站等车，站在买壮途身边，玫瑰山备感幸福。庸人之我，竟得上帝看重，做全人类第一个认出弥赛亚的人。

骤然怒目，见一个女人抱住了他。

女人在他身后，锁住他两臂，脸埋他后背，小鸡寻食般发出低微的"吱吱"声，是她的哭泣。

他的眼神，是在指定地关口要求进入时的哀伤，告诉玫瑰山："她。"

车站又有人来，玫瑰山转眼，见顺墙边走来三十个人，男人戴蓝帽、女人裹紫巾，背着巨大箩筐和包袱，腿间跑着四五个小孩、五六只雄鸡。雄鸡眼大爪粗，老鹰凶相，狗一样跟人。

领头的是位中年妇女，额头饱满，鼻梁挺直，眼光亮得近乎招摇，精气旺盛，满面笑容。看她样子，便知她是什么人，跟留在波兰耳语镇的妻子一样，热情洋溢、心中有数的女人。

买壮途说："我娘。"

五

谁知道他们怎么进的上海，他们还要进无国籍难民指定地，作为犹太人月领援助金。他们先探路，后面还有四百村民。

去年，上海各犹太组织不堪重负，汇报日军，拒绝再接收海外犹太人，一千一百名波兰犹太人是各方咬死说好的最后一批。

指定地内的犹太自治组织，由精明的德国犹太人做主，让他们承认骡子营村民是犹太人……玫瑰山认为得准备三天，问："你们能自己找地方过三天么？"

买壮途母亲笑道："能！"笑得仿佛是个遍地亲友的老上海。

骡子营的人都姓买，外村人叫她买大娘，村里人叫她杜冷丁——能麻翻雄马的麻醉药，他们村最厉害的人。

三日后，塘山路中欧犹太人仲裁法庭，拥进三十名骡子营人，穿着彰显种族特征的婚礼和葬礼服装。那是他们一生最好的衣服，为逃难，减重只带大件，抛弃的零碎配装，在上海买了落魄俄罗斯人甩卖的头巾和桌布，剪裁补上。

服饰混杂中国的塔吉克、撒拉族特征，似乎也有中东风格。买壮途前妻穿着暗紫色婚礼装，肤白如璧人，令玫瑰山感慨："这样的女人就是魔鬼。"

他娘——杜冷丁穿着黑白蓝三色的丧服，对仲裁席上的一位年轻人发出豪气十足的笑："看！跟我儿子长得一模一样，眼见的明证！不用讨论了吧？"

青年叫大卫，作为俄籍犹太人代表来旁听。大卫是金发灰瞳、脸庞宽大的俄罗斯人相貌，笑了笑。仲裁主席是位六十岁德国犹太人，长着被纳粹视为最佳血统的雅利安人的方直五官，与德军名将照片并列亦不逊色。

主席瞥了眼玫瑰山："你说他们的祖辈来自威尼

斯，意大利人和俄罗斯人还是有很大区别。"杜冷丁见他说话，热情补充："你和我死去的丈夫长得完全一样！"经讨翻译，主席对玫瑰山说："德国人和意大利人完全不一样。她这胡说八道的劲儿，倒是和意大利人有些相像。"

玫瑰山解释，虽然他们长成了汉人脸，却还遵循着犹太谱系。犹太人是母系血统，母亲是犹太人才是犹太人，骡子营孩子随母姓，妈妈姓买，孩子姓买，这在父系血统的汉人里是没有的事。

赢得主席点头，记录员打了个钩。买壮途的父亲也姓买，玫瑰山隐瞒了他们全村都姓买的事。

杜冷丁开始陈述，村子老话说，祖辈来自一座海上浮城，千万根木桩打到海底，木桩上建的石头房子。这倒符合威尼斯，主席让记录员画了个钩。

杜冷丁乘胜追击，又说了许多，没有一样跟犹太人相符。无条理的文盲话，令主席失去耐心，调侃："犹太民谚说，即便倾家荡产，也要娶学者的女儿。犹太人绝不会放弃知识，你们为何二百年来不再学习？"

杜冷丁面现喜色："嘿！我村老话，有跟这意思差不多的——男人一定要娶识字的女人，这样男人战死时是欣慰的，留下识字的寡妇教小孩，起码知道自己后代是聪明的！"

主席："明白这道理，为何你们还成了文盲？"

杜冷丁："学习，得跟外界接触，外界满是仇杀。干吗要让男人战死？宁可小孩不聪明，我们也不让男人战死，所以放弃学习，躲进山里。"

说得主席有些难过，吩咐玫瑰山："最后一次陈述，不要讲感人故事，我要实在证据。"玫瑰山吩咐杜冷丁，杜冷丁说准备了惊天秘密，保证一锤定音。

她说，上帝传给犹太人一套拳，凭此拳法，犹太人走出非洲、攻下耶路撒冷，这套拳在他们村保留下来，他们村良善，二百年没打过架、欺负过人，代代传习，只为日后跟别的犹太人相认。

主席震惊于以她的文化水平，能说出《圣经》的《出埃及记》篇章，责问玫瑰山是否跟他们串词。玫瑰山说她确实不知道埃及和耶路撒冷，但她村老话里有近似音，为了仲裁团好理解，他给校正为现代发音。

主席又问在座的各国犹太人，是否有上帝传的拳法流传，各国犹太人皆摇头，但都表示想看看。

她喝叫："到你啦！我的大儿子！"叫两岁小孩的口吻，明显对这个儿子喜爱非凡，初当人母的感觉顽固至今。

买壮途没坐在前妻身边，从村民群里走出，还穿着明黄寿衣，向仲裁团行礼，舞了起来。连续四个蹲身后跃出的动作，难看至极，伴着类似发情期雄鸟互殴的可怕叫声。每一拳出击不是向前，而是击向自己脚边，不知要干吗。

天主教多恩神父作为上海著名的"中国通"，被请来做仲裁的咨询顾问。他说武术表演是中国流行三十年的大众活动，他看过上海、武汉大城市里明星地位的武术家表演，也看过乡下人自娱耍的拳，从没见过这样的。以他的现有见识，不能说上帝没创此拳。

旁听席上的大卫发言。他出生在一九一七年的中国哈尔滨，第三代哈尔滨犹太人，一口流利东北话，信奉"武力自救"思想，会使手枪步枪，自封为上校，五年前受聘上海的俄籍犹太社区，组建治安自卫队。自卫队标志，是戴一种无檐软帽，摘下来可当坐垫，可擦汗，据说是东北匪帮戴的，戴这种帽子令人害怕。

大卫挥舞软帽，说买壮途打的拳，他会一点。拳头不向前打而打向脚边，是空手演练的棍法，一棍子抢下，把敌人刀枪顶端砸进地里，尖锐部位入土，兵器停顿，敌人便任我宰杀。

这一招，是他在哈尔滨跟个中国老头学的，教给了自卫队青年，他们巡逻时手里都抓根棍子。他可做证，此拳绝非上帝传给犹太人的，是弥勒佛传给汉人的，哈尔滨老头这么说。

多恩神父脑中知识点得到串联，发言补充。弥勒是佛教的未来之佛，人间糟烂至极时降临，剔除苦难，建立乐土。中国百姓日常说的"苦日子到头了"，即是弥勒信仰，苦日子没了时，是弥勒降临日。

弥勒信仰在十四世纪的中国达到顶峰，汉人喊着"苦日子到头了"的口号，发动大规模武装起义，驱逐了统治汉地的蒙古人。之后，每当农民起义，都奉弥勒之名。

十九世纪下半叶，最后一支奉弥勒的起义军被歼灭，其首领"黑旗老帅"传说未死，孤身逃到荒蛮的东北。东北土匪练的棍棒刀枪，多说是他传下，奉他为祖师，大卫跟哈尔滨老头学的便如此。以此推论，骡子营拳术跟上帝无关，他们的祖上是一伙溃败的农民军。

主席询问多恩："神父大人，弥勒和弥赛亚发音近似，是否是迁居中国的古犹太人留下的信仰？"多恩给予了否定的答案，弥勒只属于佛教，除了以他命名的专有佛经外，在数不清的佛经中均有出现，是佛说法时的主要见证者之一。

虽然都拯救世界，方式不同。弥勒用神力，不是凡人；弥赛亚用人力，他是人，以人类的方式改造人类。两者没有可比性，弥勒像童话故事，弥赛亚的人身，保证了他真会出现。

主席对玫瑰山说："尊敬的教师，我只是因为你的苦求，才受理这桩明显荒诞的事。我尊重你的学者身份，但你不能以你的学识说服我，而以小孩的吵闹和女人的眼泪求我，我为你感到羞耻。你浪费了这么多人的宝贵时间，现在可以终止这件事了吧？"

近乎当众侮辱，玫瑰山憋红了脸。

此时，厅内响起女人歌声，带河南口音，却不是河南话。歌者是买壮途前妻，她从村人中走出，走到仲裁团前。歌不长，唱完后解释，这是他们村古传儿歌，代代小女孩唱，只记得音调，久不知词意。

主席面显敬畏，她唱的是古犹太人用的希伯来语，询问仲裁团成员："我能听懂几句，谁能全篇翻译？"经过众口对词，翻译的歌词为：

我们当了巴比伦人的妓女，一想到故乡就哭了。

巴比伦人拿我们作乐，说："唱一首耶路撒冷的歌吧。"

怎能在耶路撒冷之外唱耶路撒冷的歌？

怎能让迫害我们的人听我们的笑声？

耶路撒冷，我的故乡，虽然你的高墙被拆到根基。

如果我把你忘记，请让我右手残疾，

如果我喜欢别的胜过喜欢你，请让我的孩子摔倒死去。

耶路撒冷，女人们记着你的仇恨。

公元前五九七年三月十六日，巴比伦人攻入耶路撒冷，犹太人亡国，王室和贵族被杀绝，民众全做了奴隶。主席落泪，对玫瑰山说："尊敬的教师，请原谅我的粗鲁，没有比这更真实的证据，他们是犹太人，跟我们一样。"

遭到一位立陶宛犹太人质疑，因为犹太人二千年分散诸国，分说了当地语言，少部分人会书写希伯来文，早无人会说希伯来语，包括二百年前的"弥赛亚"沙贝塔伊，直到四十年前，一个立陶宛犹太人整理出一套元辅音表，发起希伯来语运动，得各国犹太人响应，从此才有了希伯来口语。

预言中，弥赛亚改造人类用四十年，现实中，犹太人四十年重生了语言。

立陶宛犹太人指向玫瑰山："女人的歌，是他教的！"

主席："他不会希伯来语，怎么教？众所周知，波兰犹太人认为我们错了，希伯来语失传是神的旨意，因为希伯来语是神的语言，失德的人类无权再说，作为日常口语更是亵渎——这是波兰同胞招人讨厌的地方，你难道忘了？"

波兰犹太人说的是波兰地区的意第绪语，语法怪异，含大量德语单词，甚至被认为是德语方言。说意第绪语的人大多能听懂德语，碍于语法，说德语的人听不懂意第绪语，不能双向交流，尤为讨厌。

立陶宛犹太人："就算二百年前还有少数人说希伯来语，也绝不会是今日发音，我们根本听不懂。希伯来语刚诞生四十年！"

主席："你难道要告诉大家，立陶宛的希伯来语运动是个骗局，公布的元辅音表是经不起考证、个人臆造的玩意儿，跟古代希伯来语无关？"

立陶宛犹太人不再说话。

跟玫瑰山推测的一样，世代居住德国的主席沾染了德国人特点——强大的理性下是更强大的感性，一受感动，便会以严密的逻辑维护激情。

作为一个语种爱好者，虽然经学院不许，玫瑰山还是偷学了立陶宛发明的希伯来语，歌词词汇少，三天里教会了买壮途前妻。

仲裁团向主席汇报，进入指定地要日军签证，即便我们承认骡子营人是犹太人，日本人也不会承认。他们典型的汉人脸，会让日本人脑子转不过弯来。

主席转向玫瑰山："尊敬的教师，人的裁决已结束，之后是上帝的裁决。他们是否是犹太人，看他们能否进指定地吧！"

玫瑰山拿着十二名仲裁团成员签名的犹太血统鉴定书，领着骡子营人去提篮桥区日军军部。种族确定是大事，仲裁团权力不够，还需国际犹太组织论证，鉴定书写的是"待识别犹太人"，有待识别，但已差不多是这个意思了，主席嘱咐玫瑰山一定跟日本人解释清楚。

马路两侧满是日本侨民开的杂货铺，唱机响着日本歌曲，穿白色罩衣的日本主妇进进出出，大声说着礼貌用语。玫瑰山让买壮途走在自己身边，故意慢半步，让他成为领头人。

这是新的《出埃及记》，越过眼前马路，相当于公元前十三世纪摩西带领犹太人走出非洲……

身边多了一个人，以东北话说："我的傻老师，日本人和德国人完全不一样，他们一定会拒绝你。拒绝一次，便永远拒绝。"

他是大卫。在俄籍犹太社区建自卫队，要结交街痞小偷、毒贩帮派、汉奸特务、日本宪兵……

玫瑰山停步，骡子营村民皆停下。跟坏人打交道，让大卫有一张坏人脸，笑起来，嘴角和眼角的皱纹几乎连在一起。

玫瑰山："你要帮忙？"大卫点头，坏人脸上目光坦诚。

玫瑰山："为什么？"

大卫："不知为什么，就是想帮忙。日后，上帝会让我知道理由。"

玫瑰山望向忧郁依旧的买壮途，心知，这是弥赛亚的感召力。玫瑰山吸口气，对大卫说："嗯，你让我信任。"

夜里，玫瑰山换了银灰色降落伞布做的自卫队服，斜戴软帽，跟大卫去日本人开的夜店"船之屋"。同去的还有一位，不是犹太人——正当芳华的俄罗斯女子，唇肉饱满，眼睛美极，有着妓女特有的疲惫感。

上海的日本侨民多数是经营杂货店的小贩，照搬日本国内的居委会组织，相互监督，女人只跟邻居交往，男人夜里多待在家里。船之屋有高档酒，有法式舞厅和朝鲜歌女。来这，日杂店日侨视为"失德"，来这儿的日本人是靠日军背景走私的暴发户。多数客人是中国青年，汉奸政府的年轻官员和他们庇护下的同龄商人。

玫瑰山没有熬夜习惯，陪大卫说话到凌晨一点，撑不住时，见一个日本军官闯进舞厅，喊停乐队，让在场男人出示身份证，查出是日本人后，抽两记耳光，喝令离开。

有日本人哀求，不要在中国人面前打他。中国人"打人不打脸"，视挨耳光为极度羞辱的事，挨耳光会被中国人看不起，以后没法来船之屋。军官又补了他两记耳光，大声宣布，道德自律才会被中国人看得起。

他没管跳舞的中国人，打够了场内日本人后，稳步走了。他抽耳光如乒乓球高手挥拍，臂膀抡圆，干脆漂亮，看得玫瑰山无了困意。

大卫解释，在中国内地的日军犯下种种恶行，经欧美记者报道后，上海日军要挽回形象，颁布针对日侨的宵禁令，十一点半后不能逗留在酒馆舞厅。严格执行了三四个月后，日本警察不再每日检查，现已形同虚设。

只有这个军官，五日一次来船之屋检查，不是他权限，完全个人行为。船之屋老板跟他上级谈过，上级说他是个怪人，不跟同僚交往，爱跟上级辩论，他这种人命不好，早晚被地下抗日组织冷枪打死。在他死之前，最好容忍他。

于是，他来闹场，老板不再出面，容他闹完走人。

查夜是他个人爱好，他的本职工作是管理指定地，本应是犹太人的国王。日俄签订互不侵犯条约，俄国成为日本友邦，经俄国犹太人出面协商，日军高层让指定地里的犹太人自治，他英雄无用武之地，权力只剩下签发证件。

大卫："这是他仅有的权力，必定要够威风，苛刻至极，你怎么可能办成？"

玫瑰山看向大卫带来的俄罗斯姑娘："你让她办？"大卫大笑："我的傻老师，你其实很聪明。"转问她几日办成。

她面显难色，说俄罗斯女人在上海做妓女的多，名声不好，中国人都不会携俄罗斯女友出席公开活动，何况那个洁癖症的日本军官？她恐怕勾搭他，只会挨两记耳光。

大卫："俄罗斯人都会几句法语，你就说你是法国人。"她连连摇头，说法国人和俄罗斯人有很大区别。

大卫开导她："正像我们分不清日本的东京人和关西人，对于日本人来说，只要你说法语，你就是法国人。"

五天后，三十名骡子营村民作为"待识别犹太人"，入住指定地。之后的四百村民不允许到来，各犹太救济组织均不认可他们的血统，出于对仲裁团的尊敬，让三十个不相干的人占用救济名额，已是容忍的极限。

六

人生的意义是学习，耳语经学院一日要学十八小时。帮骡子营人进指定地，只为买壮途进经学院。作为弥赛亚，要储备改造人类的知识。

耳语经学院男人不从事世俗职业，由妻子挣钱养家，出于对"商业腐蚀心灵"的警惕，不能开杂货店、卖水果蔬菜，体力换的钱纯洁，一般是给人洗衣。

男人为何忍心让女人操劳？因为男人没有时间，男人的使命是为弥赛亚准备知识。玫瑰山的"上帝用人类实验美感"是个人遐想，经学院正统思想是——上帝以人类创造法律。

公元前十三世纪上帝降示《十诫》，规范犹太人生活，耳语经学院认为上帝另有深意，十诫是神定的起点，之后犹太人要以人力创造出无瑕的法律，回赠上帝。

有前辈教师说，天堂就在经学院课堂，上帝也会来旁听，欣赏人类的自造。弥赛亚改造人类用的是法律，法律是上帝向人类下的订单，由弥赛亚完美完成……

唉，买壮途是个文盲。

进了指定地，他跟村人无话，只跟母亲杜冷丁带来的雄鸡在一起，走遍指定地内各街各巷。骡子营雄鸡随时打鸣，狗一般敏感，莫名其妙便是一次长达四分钟的鸣叫，音质惨烈，音量大极，五百米内居民即便隔着厚墙，亦耳膜穿破，揪心得无法做任何事。

作为骡子营领头人，杜冷丁受到指定地犹太自治组织责问。她解释，以前村人给客户远程送骡子，曾在住店时中了迷香，骡子被盗。公鸡对异味敏感，训练其随时打鸣，带着出门可预警。它们现在吵闹，只是对犹太人气味敏感，让它们多走走，再过十天半月，熟悉了便自然不叫。

自治会委员们说等不了那么久，今天就不能乱叫，否则交给救济餐食堂杀了做菜。杜冷丁："我找个人跟它们说说。"找了买壮途前妻，她坐小板凳跟五六只雄鸡喃喃低语，一刻钟后再不乱叫。

看呆了自治会委员，感到女人的可怕。

买壮途前妻叫买文妹，小名"粒粒丝"——土话说的丝瓜，生下时重九斤二两，他们村从没有过这样大的婴儿，村中最老的人说，她会是天底下最棒的女人，以前不会有以后也不会有，她将生一百个孩子，像丝瓜子一样多。

她一个孩子也没生，现跟杜冷丁住在一起，两人姐妹般双进双出，整日说笑，毫无因买壮途而有婆媳尴尬。听过买壮途讲往事，玫瑰山知道她攒够七十天会走……走了更糟糕，会追思，有这样的女人在心里，没有男人能学习。

她独自一人的时候不多，陪杜冷丁和几个村人去自治办公室领犹太人救济金，手续办久了，她溜出门，拾红砖碎片在墙上画小人玩。玫瑰山走来，问教她的歌还会么。她说会呀，咿咿呀呀唱起来。

歌声中，玫瑰山说自己代表买壮途向她表白，希望满七十天后她不要走，两人复婚。

她说对于买壮途，她八岁时喜欢过，后来觉得他没意思，快笔在墙上画买壮途的脸："你看，他皱眉皱出两道竖纹，像鼻梁拔高，耸进额里。皱成这样，说明他什么都想不明白，他的脑子是空的！"

她有着乡下女人粗鲁的坦白，说十五岁喝多了避孕苦茶，喝得生不出孩子，喝得合欢失了乐趣。她找别人，是想试试，是否还有男人能刺激她。她没碰着，不再这么想，有男人能说她不知道的事，她已满足。

买壮途知道的，她都知道，她没法跟他在一起。她皱眉："我受不了他的脸，看他拔高的鼻子就心烦。"

玫瑰山暗想：果然有犹太血统，她的风流不贞，实则是内心深处渴望学习。只有犹太人这么爱学习，不学习，会压抑。他们村二百年来放弃学习，造成她的悲剧。

他行礼告辞她，找了四十分钟，在条小巷拦下带雄鸡遛弯的买壮途，转述了粒粒丝所有话，说："放宽眉心，你需要学习。脑子不空了，就能赢回你的女人。"

买壮途落了泪。弥赛亚的感召力，令玫瑰山鼻腔发酸，随着哭了，甚至哭得后背弯曲，抽搐不止。

对于自己的失态，玫瑰山心里清楚，弥赛亚有弥赛亚的高贵，怎能愚夫愚妇般大哭小叫，所以转到我身上表达。

买壮途眼中泪停，眉心更紧："我学！学什么？"

玫瑰山笑了："耳语经学院，够你四十年。"买壮途失色："四十年后才能找她？"玫瑰山："不不，是你学到的知识量，够留她四十年。"

买壮途："四十年后呢？"

四十年后，你改造人类成功，地球已是完美世界。玫瑰山正色回答："四十年后，她是个老太婆，除了你，没人会要她。"

跟经学院教师的夫人们一块打工洗衣，买壮途的意第绪语进展飞速。不久，玫瑰山发现自己的安排有弊病，买壮途学了一口娘们词，会了黄段子……上帝，原谅我。这是最快的学习方式，弥赛亚拯救世界时当然不能这么说话，我会给他改正。

学好意第绪语，便可进经学院旁听，院长已同意。只能相信是弥赛亚的感召力，院长一下便同意了，废了玫瑰山苦心准备的种种说辞。在波兰时，经学院不许旁听，坐进课堂，要经过五轮考试，之前至少要准备七年。

院长说："上帝惩罚坏人，先要拿好人开刀；上帝奖励好人，先要让好人做蠢事——好人又笨又倒霉时，正义就要到来。说他是犹太人，是你的蠢行，让他来旁听，是我加重你的蠢行。既然你我已如此愚蠢，希望正义早日到来。"

仲裁事件后，大卫便总来指定地，到经学院学生宿舍聊天。用法语交流，跟俄国人一样，波兰人也爱好法语。

经学院禁止在校生接触世俗人。大卫能随意进出，因为他是俄籍犹太人——经学院没法拒绝的人。经学院出波兰海关，一人只能带二十公斤衣物用品、值二十美元的钱，不许带书籍。现在经学院书籍，是上海的俄籍犹太人出资印刷，校舍也是他们提供。

俄国人在上海超出五万，法租界里满是俄国人，大多落魄，从事低档职业，其中的俄籍犹太人则多富裕，四千人。日本跟英国宣战后，印度作为英属联邦，印度犹太人在上海的财富成了"敌国资产"，日军高官住进印度犹太人豪宅，但侵吞有限，印度犹太人的钱款多转至澳大利亚，中小商号多转到俄籍犹太人名下保全。

有学生向校方汇报，大卫在宿舍里说，如果学习是为弥赛亚准备知识，那你们的学习没有意义，历史上许多民族灭亡是毁于战败后的绝望，犹太智者虚构出拯救者弥赛亚，凭此希望，让犹太人存活下来，也让犹太人永远是弱者心态，永堕受欺处境。

"从来就没有弥赛亚，拯救只能靠自己"——大卫的言论，引起经学院师生公愤，要禁止他再踏入校区，遭院长否决："此人无疑是魔鬼，但我们是什么人？如果我们教出的学生都受不了魔鬼的蛊惑，我也会相信——人类是魔鬼创造，绝没有弥赛亚。"

玫瑰山想：伟大的院长，您无法相信，弥赛亚已到来，在和您夫人一块洗衣。

日军规定指定地内犹太人十一点半宵禁，犹太自治组织严格执行，十一点一刻开始摇铃巡逻，喊话要住户关灯。

华人本有早睡习惯，指定地内的七千华人原住民以为是日军统一管制，听到铃声也睡了。十一点半后，指定地内静如空城。

也有例外，有些德奥犹太人争取到黄色外出证，在指定地外的舞厅、会所当乐手，凌晨二三点方收工，骑自行车回来。

一夜三点，轮玫瑰山当班，戴袖章守在街口。八九辆自行车驶来，乐手车后座带了五位华人。领头乐手表情亢奋，喝多了酒，说出于友谊，带华人邻居去工作的舞厅开眼。

自从买壮途进了指定地，玫瑰山变得豁达，检查不再较真，笑脸放他们进去。

清晨四点半宵禁解除，可开门上街。玫瑰山四点换班回经学院，路过骡子营人住所，发现门外散着斧头短刀，横陈十余具尸体。六七具骡子营人装束，其余是乐手带进来的人，尽数而亡。

玫瑰山急敲骡子营人大门，门开一掌，露出杜冷丁半张脸，衣冠整齐、眼神警惕。玫瑰山大叫："你们村死人啦！"杜冷丁斜一眼，道："噢。"缩手关门。

门闭合的瞬间，见她身后挤满持刀的村民。

四点半很快到来，华人开始出门，见到尸体，纷纷回屋，取旧报纸盖上，避免吓着小孩。指定地有华人公益组织"道德会"，会掩埋街头遗尸。上海经过革命、战争，平素有冻死、吸毒死的人，开门见尸，并不稀奇。

覆了报纸，人们开始倒尿壶、买早点，人力车车夫会灵巧绕开。犹太自治会人员赶到，玫瑰山汇报自己值班状况。

骑车带人的乐手们被找到，睡眼蒙眬解释，是下班后酒吧门口遇上的人，说带进指定地给一千日元。二千日元可买套房子，想不到会有这样的好事。

犹太自治会不敢上报日军，怕日军实行相对主义，以指定地出现治安问题，取消自治，派兵管理。派人去俄籍犹太社区请自卫队帮忙。

道德会义工拉着木车先到，车后跟着一位深灰色中山装青年，自报姓名曾直河，上海特别市政府官员兼职《新申报》主笔。特别市政府跟日军合作，《新申报》传播亲日思想。

他敲开骡子营人大门，跟杜冷丁单谈许久，出门后吩咐道德会义工，尸体剥去外衣、撒煤灰遮伤口，拉出指定地埋葬，万一遇上日本宪兵盘问，便说是吸毒死的人。

杜冷丁给义工一把钱，求义工经过布店时买白布，给骡子营死者裹上入土，后又加了一把钱，说给所有的都裹上。

大卫领人赶到时，地面上已无报纸，清了血迹。自治会留了人，领大卫一人去中欧犹太人仲裁法庭。赶到时，粒粒丝又在唱希伯来语的歌，仲裁主席听完后表态，再听一次也无破绽，他们是犹太人。

曾直河早年留学德国，以一口流利德语起身陈述，骡子营人养死的骡子比卖出去的多，不知道骡子淋雨后要擦身，一场雨总会死几匹，连下雨和死骡子是否有关联都没想过，因为那不是他们的主业，他们的主业是绑架。

他们去大城市绑架，穿汉人当代衣帽，拿到赎金后消失得无影无踪，是变身少数民族，养骡子是掩护。杜冷丁年轻时，她丈夫和三个村民来上海，企图绑架一个江浙钱庄老板，被保镖乱枪打死。此事警局有记录，这是他们唯一败绩，为换回尸体，他们发誓再不进上海。

没想到买壮途的父亲是那么死的，让十岁的买壮途和八岁的粒粒丝流浪在街头……玫瑰山忍不住起身提问："绑架时，带上孩子有什么用？"

曾直河："大用！绑匪踩点探路，给小孩系鞋带、哄着不哭，便可以拖延停留时间，多观察——方式古老，早没人用了。"

绑票，如任何一个行业一样，会经过原始自发、行业联盟、依附官方三阶段。杜冷丁这代人到中年，赎金数额高得可怕，超出上一代百倍不止，因为真正的绑匪是官方。官方想讹诈某商家，便雇绑匪，再假装破案，贪下赎金，一次绑票能切走商家大半资产。

绑架目标的信息，不需要绑匪辛苦获取，由军队或警察局提供。信息周全，意外便少，可事先规避反抗的可能。

曾直河总结："他们是一伙狡猾的歹徒，绝不可能是犹太人。"

主席："尊敬的先生，既然他们那么狡猾，怎会投奔我们，过艰苦生活？"

曾直河看向粒粒丝，与第一次来仲裁法庭一样，她穿了她最好的衣服，跟买壮途结婚的喜服。感叹婚服暗紫色之美，曾直河回答主席："因为有比他们更狡猾的人。"

玫瑰山望着杜冷丁，她缩着腰、缩着眼中凶光。来仲裁法庭的路上，她抢步到他身旁，拍小孩一样拍他后脑勺，说："你待我儿子好，我告诉你底牌。"

日军侵华，占领中国东部大片领土，国民政府西迁内地，骡子营人失去雇主。为阻挡日军西进，决堤黄河后形成一片四百里沼泽，其中有硬土，藏着几十户安徽、河南富豪，建成世外桃源。

杜冷丁率四百村民穿汉人服装，赶着骡子，举村而去。她豪气万丈，要杀人据地——杀光沼泽富豪，占据那里，好吃好喝等到战争结束。

多年由军队警局提供信息，懒了人，打听打听路就去了。到了，才知踩点探道是多么重要，富豪们有保镖，除了仿制德国98式毛瑟步枪的"中正枪"，还有仿制美国汤姆逊冲锋枪的"汤姆枪"。入口建有炮楼，一千二百米火力范围。

此地不是世外桃源，与外界密切联系，有邮电局，遥控涡河、淮河出海口贸易——那里是日军占领区，为不破坏经济秩序，有税可收，日军默许他们的遥控。西迁的国民政府亦向他们收税。

杜冷丁准备领村民离去，粒粒丝却不愿走，买壮途顺着她。八岁从上海回到骡子营，作为女性，她再没出过村，遥见炮楼后面一片西式别墅屋顶，她觉得美如上海，非要进去。

骡子营回不去了，日军南下会经过那，遇人杀光，遇粮抢光。早早沦陷，成为日军占领区的涡河、淮河出海口反而安全，掠夺方式靠税收，不那么原始。赶骡子去那儿卖，总能活下来。

买壮途要陪粒粒丝留下，杜冷丁发顿脾气后，带四百村人东奔淮河。快到了，放心不下买壮途，那是她唯一的儿子，让村民继续走，挑了三十个人跟自己回去，万一买壮途做傻事，能救他出来。

买壮途只会做傻事，为粒粒丝能进去，他应聘保镖。会开枪不稀奇，他说自己祖上八十年前跟着"黑旗老帅"造反，拿大刀长矛能对抗配备洋枪火炮的大清官兵，是另有绝技。

黑旗老帅尽人皆知，后世留恶名，妇女拿他吓小孩，传说会变身黑毛猴，生吃人心。竟然是老帅遗卒，引起守炮楼的保镖兴趣，要他露一手。不远是扔石即陷的沼泽，买壮途说把官兵引进沼泽，是老帅兵法，说罢跑入沼泽，很快没到膝盖。

保镖们没见过这么傻的人，要结绳救他，他反而躺下身子。以为片刻沉底，不想他一直浮着，半个小时后，漂回实地。

他衣下没藏羊皮浮囊。保镖们问他还会什么，他说会得多，聘了再说。沼泽里活命，惊了富豪，集体又看了他一次漂浮表演，聘了他。作为他的妻子，粒粒丝走过炮楼，进到洋楼群落，每栋房子都看很久。

保镖虽从各自老板拿钱，其实是同一伙江湖人，师爷辈就有交情，进入聚集地后，很快排好座次，行会般团结一气。保镖们钦佩敢玩命的人，对买壮途服气，买壮途被称为"二哥"，教他们把拳头砸到脚边的拳术。二哥，不是权力排序，是个尊称，因为武松是"武二郎"、关羽是"关二爷"，两位古代的著名好汉都行二。

她喜欢上一座洋楼的主人，学了交谊舞，看了电影。杜冷丁率三十村民赶到时，发现买壮途在炮楼上值班，一脸忧伤。

三十个村民里有女人、小孩，还有雄鸡，这是营救的配置，女人和孩子可做掩护刺探信息，鸡可预警。作为"买二哥"的母亲，保镖们放杜冷丁进来，放不进三十位乡亲，安置在炮楼外树林，送了帐篷、食品。

炮楼外，还活着很多人，守着富豪区，会得到许多杂活儿，洗衣、养羊、筛麦子……足够活下来。

到来的乡亲，令粒粒丝心花怒放，有了他们，就可以离婚了。骡子营离婚，只要男人对女人念一段古传的话，但需要十五个以上的乡亲同时听到。

她劝了买壮途多日，买壮途牵她手走过炮楼，到树林说了那段古话："家里的钱财你任意取，我不要再在门里看到你。我违背了婚礼上的许诺，让我千万个后代由你开启。我等待我必受的惩罚，日月星宿会惩罚我。出了门，不要再回来，祝日日好事伴着你。"

她满意笑了，之后她搬出洋楼，和买壮途住在一起。骡子营习俗，离婚后，女人要住满七十天，以证明没怀上丈夫骨血。六十九天夜里，买壮途出门，走过炮楼，跃入沼泽，越漂越远。

炮楼值班的人以为他练功夫，没惊动别人。两天后，他还没漂回来。七十天已过，洋楼主人来接粒粒丝，杜冷丁坚定地认为买壮途不会死，就算死了，因为已离婚，粒粒丝没有守寡三年的义务，让她去。

洋楼主人无意跟她结婚，说还跟以前般住一起就好，粒粒丝说她离了婚，跟以前不一样了，即便没有结婚仪式，总得有个集体活动，她希望请乡亲们看场电影。洋楼主人同意。

聚集地里的小孩许久没见过外人，听说三十个农民要看电影，吵着要一起看。村人被通知要穿上最好的衣服。

杜冷丁除了丈夫葬礼的丧服外，最好的衣服是一套汉人少妇的浅黄色袄裤，绣着走近方能辨出的银灰色细叶花纹，流行于二十年前的夏装。不合季节，不合年龄，杜冷丁还是穿了它坐进影院。

放的是卓别林电影，她控制不住地笑得声音很大，野姑娘一般。前排有多位陪孩子来的富人，纷纷扭头看她。毕竟是一村领袖，遇上事就变了个人，她抿住嘴看完电影，再没发出笑声。

出电影院时，被人蹭了两下，是个抱孩子的男人，西装革履，比买壮途大三五岁的样子，见她回头，还猛盯她脸。她白了他一眼，暗想自己这岁数了，有什么好看的？富豪阶层真不可理喻，希望粒粒丝能得着好。

粒粒丝没回洋楼，要跟杜冷丁多住一晚。两个女人说到半夜，流泪流得眼睛疼时，三个保镖来敲门。他们仨是保镖集体的代表，说接到命令，杜冷丁和树林里的村人要全部打死，全部的意思是包括儿童。

杜冷丁第一反应是指向粒粒丝："她呢？"仨保镖说她是洋楼里的女人，不算在内。

这个命令没法抵抗，各富豪的保镖都要听命。如同保镖们碰在一起会立即联盟，商人们在一起会成立商会。影院里碰杜冷丁的是这一代会长，子承父业，年轻有为，他下的命令。

仨保镖说："我们叫您儿子二哥，留下两条人命，您带你们村人走吧。"

留下的两人，会开枪打死，保镖们交差，说大队人逃了。细想便知是保镖放的，如果戳破指责，保镖们会集体请罪，说是出于江湖义气，反正交上了两条人命，如果觉得不够，他们愿退还今年已拿的所有酬金。

会长是俊才，懂得宽宏大量，闹到这种程度，料想他会说："你们讲义气，坏了我的事，但讲义气的人绝不会害我。我还要靠你们保命，别跟我谈什么还钱！"事情便过去了。

商人的保镖都帮商人杀过人，人命压着的交情，容许有一二回错事。但会长从未下令杀那么多人，还有妇女儿童，得多重的恨意？保镖们不怕受罚，怕事情有后续，建议杜冷丁远走，躲进难查寻的少数民族地区。

杜冷丁去林子，选了两人给保镖，道声谢。粒粒丝没回洋楼，要跟村人走。她一表态，杜冷丁就同意了，没让她哭求。

想到涡河、淮河出海口受会长遥控，杜冷丁派一人去通知四百村人拆散逃离，到上海郊外青浦县会合，自己带着三十村民换上了骡子营特色服装，看着是塔吉克族、撒拉族般的一伙少数民族，欢声笑语去了上海。

上海钱庄多，杜冷丁十四岁十五岁都待在上海，上海是她学习绑票的地方。自从丈夫死在上海，她禁止村里下一代女孩再参与绑票，再没来过上海。但上海迷宫一样的弄堂、复杂的人群构成，是她少女时的记忆，如手上磨出的茧子，是她身上的东西。

日军占领的上海，换了次序，十三年前禁止骡子营绑匪进上海的人已离去……会长作为非占领区的自由人，进不来上海。

用少女时代的方法，没有通行证的他们搭乘每日来卖菜的农民的小船，越过日军外围封锁线，到了上海市边缘。三十年前的一条偏僻水渠还在，踩着渠道边沿淤积多年而变硬的垃圾，走进上海。

祖宗显灵，一眼看到儿子买壮途。人山人海中，他的明黄寿衣，靶心般显眼。

听到有犹太人隔离区，严格进出，杜冷丁又是一喜，觉得好上加好。见到玫瑰山后，各种顺利，搞得她时而恍惚，难道我们村真是犹太人？

主席："今早死人，是追来的保镖？"

曾直河摇头："比他们更专业的人。"

西迁的国民政府继续抗日，其军事委员会下属有个叫统计局的单位，培养各种特工，暗杀是个专业。

保镖们放走村民后，会长知道他们不堪再用，用了自己另一个身份。商会在日占区里做生意，是国民政府要警惕通敌的一伙人，为表忠心，会长秘密加入统计局，成为了一名在编特务，并接受统计局派来的两名秘书，一旦投靠日本，便会被秘书枪决。

他向统计局捐赠五万美元，买杜冷丁为首的三十个村民人头，其时一辆英国 M1931 水陆两栖坦克值三万八千五百美元。

杜冷丁他们是穿汉人衣服来的，骡子营少数民族村落式的隐蔽体系，会长想不到，以为杜冷丁的匪帮只有三十人。

十名统计局特务进上海，找曾直河。上海特别政府亲日，统计局抗日，虽然敌对，同为中国人，仍有许多事要谈判，次等事由曾直河接洽。

曾直河给他们规定，不能给犹太人找麻烦，枪声会引来日军，杀人只能用铁器。五个特务搭上晚班乐手，怀揣匕首、锤子，自信满满地进了指定地。低估了世代绑匪的杀人技，村人付出七条人命，把五人弄死。

还有五名特务，会长也在上海，要继续。曾直河跟会长谈判，达成协议，剩下的五名特务今晚再进指定地，不管是杀光村民还是特务尽数死了，事情都在今晚结束，会长不再买凶重来。

需要犹太人配合的是，不要通报日军，十一点半后关门闭户，检查口放特务进来。

主席："即便他们不是犹太人，我也不能容许这样的事情，为何非要杀人？"

曾直河指向杜冷丁："她的旧账。"

二十一年前，她嫁人二年，是个美得让人不敢抬眼的少妇。那时官方还捉拿绑匪，绑架是纯粹的江湖事。

村人遇上个会谈判的富户。村人绑了富户两个儿子，一个六岁，一个二岁。富户说他只赎长子，那时小孩夭折多，长子六岁了，肯定能活下去，次子才两岁，没准赎回去，不久也夭折。

村人没了主意，觉得总不能杀小孩吧？已决定拿一份钱，另一个孩子白送回去。杜冷丁的领袖素质爆发，说富户在耍赖，中了他计，村人就丢脸了，请交给她办。

她要求富户一人交赎金，交换地点在个河水拐弯处，丈夫划船，她站在船头，为在富人面前不跌份，穿上她最好的衣服，一套浅黄色袄裤。

她用竹竿挑过装钱皮箱，把长子推下水。富户下水捞人时，看到她在船头一笑，匕首抹了次子脖子，溅了半身血，尸体扔在船板，小船拐弯而去，瞬间在百米外……

活下来的长子，便是今日会长。浅黄色袄裤，让他认出了她。

主席看杜冷丁很久，没对她说话，转向玫瑰山："尊敬的教师，犹太人落难到中国，发现了更早落难的犹太人——这是我过长的人生里，唯一让我感动的事。你和我一起，听了许多话，你是否还觉得他们是？"

玫瑰山抬眼望向屋顶，屋顶外应是灰色的天："尊敬的主席，这位上海官员讲的是骡子营一个女人的事，并没能解释骡子营奇怪的风俗，他们祖上的来源。"

主席："你觉得——"

玫瑰山："他们是。"

主席闭目思索一会儿，答复曾直河："这个女人确实做下上帝无法原谅的事，但上帝也无法原谅你们将做的事。只有弥赛亚能根除暴力，他还未降临……既然暴力不可避免，我们可否缩小施暴的程度，让人类有一点自尊？我在你的条件上，附加个条件，报仇限于二十分钟，二十分钟后，是否完成，都要停止。否则，我会选择上报日军。"

曾直河立刻回应，表态他会劝说会长，保证会长答应，然后踱步到杜冷丁面前，温和问话："他们只有五人，你们还有二十多，为了公平，他们用铁器，你们空手？"

听了翻译，主席拍桌子吼叫："简直是屠杀！"

杜冷丁起身向曾直河鞠躬："你保证事情今晚结束，日后没事？"

曾直河瞟了粒粒丝一眼，紫衣炫目，她也正看向他。曾直河晃回眼光，答复杜冷丁："我以我未来孩子的寿命，向你保证。日后再有纠缠，让我成个无后之人。"

杜冷丁转向主席："他说的，很公平。"

七

　　十一点半，会长亲自来了，为节省时间，开轿车进入。村人住所门前，站着大卫、玫瑰山、曾直河，还有四个犹太自治会的人做公证。见会长下车，曾直河敲开村人的门。

　　买壮途第一个出来，哭了许久的样子，眼睛变得很小。杜冷丁躺在床板上，由村人八抬大轿般抬出，她怀里捧着个白布裹着的长条包袱，粒粒丝掀开被子，让会长看到，她一条腿自膝盖切掉。

　　为忍痛，她的脖子紧绷，年轻姑娘般线条分明。她把白布包裹向会长捧起："二岁孩子没多沉，跟我这条腿差不多分量。"见会长不接包裹，又说，"你弟弟是我一人办的，别人没份。仇恨只在你我，行不行？"

会长深喘口气:"从来是以命抵命,一条腿算什么?还不上!"

杜冷丁:"我现在不想死,我得给我儿子另娶个女人,看他有小孩,才甘心。你要拿命还,那时候死给你。"

会长冷笑:"那得什么时候?"

曾直河迈步上来:"作为公证人,我得说句话。一条腿呀!女人拿出了诚意,你是爷们,得宽宏大量!"知道粒粒丝正看向他,瞥一眼,果然是。

会长连连点头,似被说通,却一晃手,掏出手枪。众人惊呼,曾直河敏捷挡在粒粒丝身前,呵斥会长:"说好了不带枪!不磊落!"

会长招手让买壮途过来,枪口抵在他脑门,向杜冷丁道:"我在乎我弟弟,你在乎你儿子,他俩的命能相互抵。"

杜冷丁大叫:"打死我!"复仇的快感令会长不可抑制地要扣下扳机,但看到买壮途久哭变小的眼,脑子一下空了。

回过神来,会长撤枪,让特务取杜冷丁手里的白布包裹，道："我弟弟连个坟都没有，我把你这条腿，当弟弟埋了。"转身上车。

曾直河大喊："事情完了？"

会长从车里伸出身子，遥问杜冷丁："小时候记得，你一刀下去，弟弟的血溅了你半身黄衣服，怎么洗掉的？"

杜冷丁想了想："人血留不住，多洗几次，就掉了。"

会长盲了眼神："懂了。事情完了。"

杜冷丁的腿，是粒粒丝拿斧子劈的。从仲裁法庭回来，男人们为晚上开打而睡觉养精神，女人们去菜市场买肉，准备一顿吃了长力气的晚饭。粒粒丝憋在杜冷丁房里不出来，惨叫声响起，村人赶进屋，杜冷丁小腿已劈下。

杜冷丁让粒粒丝做的，买壮途不怪她。怪她的是另一件事，不久后，她在指定地里闲逛，碰上曾直河，跟他走了。

断腿的夜晚，曾直河向杜冷丁发誓："我以我未来孩子的寿命保证……"中国人不会这么说话，德国人这么说，他早年留学学的。未来孩子——说明还没有孩子，未婚男子赌誓的用语。

粒粒丝听懂了，也是他故意说给她的。

按杜冷丁口唤在上海青浦县汇集的四百村民，粒粒丝要曾直河安置。杜冷丁在上海的少女时代，绑架了商人会迅速转移出市区，藏在青浦。凭旧日美好印象，要村人聚集在青浦，不知青浦现是鬼域。

三年前日军在青浦屠杀，烧了凤溪镇、赵巷镇，杜冷丁熟悉的香花桥、小红桥村人已死光。曾直河将四百骡子营村人填补进这两个村子，分了地，免二年征粮。

瞒着粒粒丝，曾直河要杜冷丁报恩，指定地内剩下的二十几位村人帮曾直河做了两起绑架案，一家火柴厂老板，一家香料厂老板，赎金之大，令两家工厂倒闭。

赎金尽归曾直河，杜冷丁坚持不拿一元。报恩二次，曾直河适可而止，不再要求。杜冷丁守信，禁止村人对粒粒丝说。此事，风吹般过去。

曾直河住南市区一所日军没收的印度犹太人别墅，买壮途找过一次，曾直河不在，她和八个女佣、二十个警卫在。凭绑票技巧，他顺利见到午睡的她。骡子营从不午睡，视为懒惰。

曾直河常熬夜，跟粒粒丝按西方习惯，男女各有卧室。她的卧室是法国风格，房间不大，绿色条纹修饰的白色墙面和白色家具。

她警觉醒了，他说不出话。她："你来找我，是还想跟我睡一次么？"他："你怎么不想我是来打你的？"她肯定地说："你不会。"

他说既然她已睡不出快乐，就不用睡了。她说有一个地方或许能刺激她，那是曾直河在家里的办公室，从不让她进去，她听话，一次没进过。

这栋三层小楼，每层都有女佣和警卫。凭绑票技能，两人先后进了办公室。买壮途闪过警卫，开门进来的，不及眨眼的速度。她从通风口钻进。

深棕色木板包的墙面，办公桌、书柜、地板亦是同样深棕色，不压抑，因为开窗足够大，可俯视街面。

视野开阔，一眼远去，看到上万人。

粒粒丝说窗上装的是单向透视玻璃，里面能看到外面，外面看不到里面。她刚入住时，曾直河陪她在楼下散步，她问楼面上哪个是他办公室，他指着一片全是反光的窗户，向她普及了这个西方工艺。

之后再没了散步，曾直河说局势不好，怕她挨了地下抗日组织的冷枪。

粒粒丝让买壮途坐上窗台，伏在他身上。她一直望着窗外，眼里是上万人。她有一点临近高潮的感觉，但高潮还是没来。

她累了，买壮途结束了这件事。两人趴在窗前，看了会儿楼下巡逻的警卫，粒粒丝说这是她多年来最棒的一次，单向透视玻璃前所未有地刺激了她，或许还能提升，买壮途可以再来一次。

看到曾直河的轿车开进院门，她钻通风口走了，买壮途也走了，辜负了跟她的约定，没有再来。

指定地的犹太孩子和华人小孩一块玩，孩子们发明了一种混杂意第绪语和上海话的语言，语法复杂至极。大人们能听懂几个词，整句话完全听不懂，孩子怎能发明这么复杂的语法？

玫瑰山认为是上帝的手笔，人卫认为代表着大自然的无序状态，小孩们的胡来可以成立，证明了上帝并不存在。每一个军事组织都会有自己的密语，大卫学了小孩话，作为自卫队密语。

帮骡子营人拿到出入证，是大卫看上骡子营拳术。为报恩，买壮途每周三次到俄籍犹太社区教拳。玫瑰山不愿买壮途耽误学习，找大卫理论："飞机坦克后面是重炮机枪，哪儿轮得到用拳头？"

大卫反驳："犹太人哪有实力发动战争？我是为战争结束后，在某种特定情况下，我的人可用手杀死仇人。"

玫瑰山："什么特殊情况……暗杀？"

大卫："希望能等到那么一天。"

全世界的战争还未有停止的迹象，大卫依然常去经学院蛊惑学生加入自卫队，放弃弥赛亚信仰，相信"自己拯救自己"的真理。

买壮途会说了意第绪语，开始在经学院旁听。玫瑰山遗憾地发现，祖辈二百年放弃文化的恶果，造成他一进入思考，整张脸便变得愚蠢。

实在受不了他的蠢相，几乎要放弃他是弥赛亚的想法……每当这么想，玫瑰山就强迫自己转念，去想杜冷丁断腿的夜晚，所有人都认为会长将开枪打死买壮途，但跟买壮途对视后，会长放下了枪。

除了解释为弥赛亚的感召力，解释不了这件事。

买壮途读书费劲时，会从腰里掏吃的嚼，他们村特有的食物——海米就大蒜。经学院课堂上可以大声喧哗，吵闹为上帝喜爱，吃食则玷污课堂，绝不允许。

玫瑰山告诫买壮途，一边翻书一边吃食，是魔鬼的趣味。买壮途向他手里放上二颗海米一片大蒜，说能促进思考。

之前听他讲过，这是他们村长途送骡子，为不耽误行程，边走边吃的应急食物，玫瑰山道："我只相信它补充体力。"

买壮途笑起："真刺激脑子，没它，杀了人走不了。"第一次杀人，腿会颤抖不停，根本挪不动脚；第二次杀人，脚跟会发暖，舒服得让人不愿动。杀人者很难离开死者，除非吃一口海米就大蒜。

面对他的笑脸，玫瑰山是见到蛇的厌恶与惧怕……嘱咐自己保持理智，追问一句："杀第三个人什么反应？"

买壮途凝住笑，脸如水果败坏后萎缩的皮："就想杀第四个人了。"杀了第三个人后，即便见母亲见粒粒丝，也有杀之后快的愿望，除非吃一口海米就大蒜。

"噢，那你吃吧，别脏了书就好。"

玫瑰山离开买壮途，走出自习室。经学院是俄籍犹太富商捐献，原是一家玩具厂，走廊有壁画，画着美国童星秀兰·邓波。经学院教义反对偶像崇拜，不允许画人像，学生们要拿白粉涂了，院长批示"还有条教义叫——随遇而安"，得以保留。

望着秀兰·邓波的脸，玫瑰山把手里的海米大蒜放入口，嚼两下，果然激发大脑，想："一切都错了？"

一切始于大陆架咖啡馆跟买壮途对坐的瞬间，类似动物遇上天敌，自卑得希望死去。他，是玫瑰山遇上的王者……弥赛亚的感召力使然。

现在看来，是普通人对一个凶手的敏感。

玫瑰山回街口检查证件，从此心不在焉。一九四三年冬日入住指定地，一年多岁月，经学院师生一心待着，没想过外出。

一九四五年五月八日，纳粹德国投降。大卫来指定地，邀请耳语经学院师生去俄籍犹太社区杜美大戏院，看新到的电影。

德军战地记者拍摄有大量影像，俄军缴获后编辑而成，显示纳粹施暴的肆无忌惮，证明了弥赛亚并不存在，拯救人类的是苏军坦克。

大卫的话说早了，该在看电影之后，师生们没法去看一部否定弥赛亚的电影，严词拒绝。院长倒是想看，说："或许可看到我们在波兰的朋友邻居。"

黑帽黑袍的二百多名师生走出指定地瞬间，皆面部收缩，几秒睁不开眼。没有风沙，没有烈日，是对外界的畏惧。

街口值班的玫瑰山看他们乌云般远去，乌云中有一片闪亮的黄。听说电影里死人多，买壮途又穿上辟邪的寿衣。

已多日不见他，很想知道他看电影的反应，如果是弥赛亚，总会发生些改变……

玫瑰山摘下检查员臂箍，递给旁边支烟摊的华人老大爷，拜托他帮忙检查，尾随而去。

回首望了望华人老大爷戴臂箍的滑稽形象，觉得自己做了坏事。日本也快战败，太平洋上的舰队被美军炸沉大半，上海日军已乱套，而犹太人依然保持自律，弱者才会如此小心。

杜美大戏院老板是俄籍犹太人，一直放映原版俄国片，观众主体是俄罗斯人。俄国代表世界进步的方向，华人左翼人士和青年学生也来看，会加中文字幕。

影院雇十六名俄罗斯少女做引票员，十四名华人做杂务。坐入影院，经学院师生在课堂上般大声喧哗，惹来梳两条黄色大辫子的俄罗斯少女劝止，但少女离开几步，喧哗声又起。

玫瑰山一阵心痛，不是感到丢人，哀伤他们失控地大声说话，是高度缺乏安全感所致。

影片放映，他们哑了声，俄国人和华人还窃窃私语。片中竟真有波兰耳语镇，几个德国士兵敞着上衣、拿照相机，在一旁鼓掌叫好，看小镇居民殴打本地犹太人。

镜头切换，一个被剥光上衣吊死的犹太妇女——是玫瑰山妻子，跟杜冷丁一样热情洋溢、心中有数的女人，祖居小镇而不愿离乡，不怕德军到来，认定世交的邻居会保护她。

玫瑰山有六个儿子，大的二十二岁，小的七岁。已死的犹太人被剥去外衣首饰，半裸垒在路边，白花花一团，玫瑰山辨不出儿子，但知道他们在里面。

半老妇人尚遭虐杀，儿子们肯定逃不过，男孩子长大会复仇，先要弄死。镜头转出耳语镇，去了波兰其他地方，字幕显示，波兰境内三百三十万犹太人活下七万四千人……玫瑰山坚持看完，影片不长，二十分钟，以苏军坦克开进柏林结束。

纪录片属于正式影片前的加片，为缓解压抑，影院没有开灯做五分钟歇息，直接放映正片，风靡世界的秀兰·邓波儿童歌舞片，笑料频繁。

爆发巨大笑声，经学院师生笑声最响，玫瑰山尤为快乐，笑料过后仍不停，影院里独响着他的笑。影响别人观影，引来黄辫子俄罗斯少女。

面对指责，玫瑰山不知哪来的力气，将少女掳起，一路疾奔，将她扔上银幕。少女们都很结实，体重压垮银幕，降落伞般将她裹住。

放映机强光下的玫瑰山，向上方举起手指："上帝，我判你有罪！你犯了杀人罪和诈骗罪！你纵容坏人作恶，残杀好人！你许诺弥赛亚拯救世界，只是骗人们忍受，你失信于人，你有罪！"

想到了上海就有德国人，比如吕班路上白色天主教堂里的驻堂神父多恩，还有他的副驻堂、二名执事。

玫瑰山跳下银幕舞台，右膝撞地，似乎听到骨裂之音……上帝襄助，站了起来，掰断一根座椅扶手，当打人的棒子，大步向外走。

冲到街上，右腿一软，身后有人扶住他，是大卫。"我的老师，您要做什么？"玫瑰山："打人！"大卫难掩激动："自卫队全体成员，听您调遣！"

膝盖真跌伤了，靠两名自卫队员架着前行，手里的座椅扶手也换成了自卫队的巡逻棍子。大卫等人持铁锤铁锹，很快玫瑰山落在最后，一个人蹿上，叫两名队员放开他，由自己背。

买壮途见玫瑰山癫狂，放心不下。趴在明黄寿衣上，玫瑰山暗想"算你有良心"，进而哀叹："你要是弥赛亚，该有多好。"

赶到吕班路，教堂门口的使徒石雕被砸烂五官。进去，见自卫队撕扯四壁挂的德国各省地图和纳粹党旗，十字架上的耶稣像小腿被砸碎，大卫抢锤子继续向上砸。

多恩神父一脸鼻血，坐在礼拜长椅上，仰头止血。该是拦阻时，挨了记耳光。副驻堂、二名执事、五名华人女义工守在他身旁。

玫瑰山让买壮途冲过去，挥棍打上一名执事后脑，登时出血，跌地抽搐。打出这一下，玫瑰山两腿颤抖不止，甚至失去膝盖痛感，再也挥不出第二下，转头训斥大卫："砸石头干吗，打人啊！"

砸到耶稣像胸口，大卫停下，望了望耶稣的脸，跳下祭台，满眼血丝地走来，长柄锤子对准多恩神父的脑袋。

玫瑰山许久才敢抬眼，大卫锤子还未砸下。两人对视，眼神空茫。玫瑰山指向耶稣像，大卫小狗般听话，转身重上祭台，一锤砸下头颅。

多恩鼻血污了嘴和下巴，玫瑰山向他宣布："德国人是畜生，你们取消了自己做人的资格，今日起你是一头驴一条狗，为我所有！为我使用！"

找了两把背老人上街的藤条背椅，让副驻堂背买壮途、多恩背自己，沿着电车铁轨，要走遍上海。让上海人看到，德国人是犹太人骡马。

爱尔白纳路上，钱庄栋栋，买壮途从副驻堂背上滑落，说他爹当年在这儿中的乱枪，爹死的地方，儿

145

子不能骑驴驾马。

玫瑰山知道，骑人让他受不了，说："你要能一拳打晕他，就不让他背啦。"买壮途一拳过去，副驻堂大字形倒下，很快招来行人围上。

五名华人女义工一路远远跟着，副驻堂倒地后，分下二人照顾。又走过一个街口，玫瑰山向三名女义工招手，她们立即反应，小跑追上，眉眼秀气的江浙女子脸。

玫瑰山指向身下的多恩："他教了你们什么？"

三女唱起赞歌：

主啊，我只是一个软弱的造物，

请记念你我的分别，我承担不起你的愤怒。

主啊，请让我依靠你的恩慈，

在我找不到你的时候，

你要听见我的哀求。

玫瑰山叹气："唱得真好，我也希望弱者能依靠上帝。"一位女义工应话："不知您遇上了什么事，我想跟您说，我们不能要求爱所有人的上帝去恨一部分人。"

玫瑰山人怒："即便这一部分是恶人？"

女义工吓得说不出话，弓着背的多恩代她说："是的，否则永远无法理解十字架上的耶稣。耶稣被坏人害死，为坏人赎罪，上帝爱好人更爱恶人，因为人类大部分是恶人。"

玫瑰山自背椅滑落，不看多恩，吩咐女义工："带你的老师走吧。告诉他，他是个好人，他全想错了。好人只会把事往好处想，忘了人类大部分是恶人。"

吕班路教堂被砸，日军未管。七月十七日，美军轰炸提篮桥区日军设施，炸死三百多日本人、近四千华人，殃及指定地，二十三名犹太人遇难。

玫瑰山在街口值班，轰炸结束后向里跑，心中残念，要看看买壮途——灾难来临，弥赛亚该有所表现。

一片坍塌起火的木板房前，买壮途捉住个趁乱到经学院行窃的，按地上训斥："这时候偷东西，你还算人么？"

玫瑰山走近，买壮途把小偷脸掰起："我抓了个贼！"玫瑰山赞叹："太好了，没有比这更好的了！"

又看到一条贼影，买壮途眉心皱起两道纹，如拉高了鼻梁，叫玫瑰山按住小偷，飞身追去。

玫瑰山一动不动按着，小偷感到压力渐失，试着翻身，竟一下脱离。窜出几步，小偷回首见玫瑰山双手按地，还是擒贼姿势，感到好奇，走回来发现他在抽泣。

弥赛亚该做别的事，不是捉小偷……

小偷："您怎么哭了？"玫瑰山抬手挡脸："偷了什么？"小偷指地上包袱："三双皮鞋，一把银餐勺，两件毛背心。"

玫瑰山："东西不少！别偷啦，拿上走吧。"小偷作揖道谢，脚尖勾过包袱，猛然加速，野猫般跑远。

八月十五日，日本电台宣布日本无条件投降，九月二日签署投降书，九月九日，中国战区受降。

六万八千日军在上海投降，士兵住战俘营，军官依旧在市区私宅。给犹太人签署出入证、在"船之屋"私查宵禁的军官闲不住，去战俘营要求士兵缴械前把每一支枪都擦出亮光，以显自尊。

他习惯抽人耳光，打了几次士兵，没死在抗日组织冷枪下，被一条日式军腰带勒死。

上海特别市政府被取缔，国民政府回迁后重建上海市政府。曾直河未遭清算，买到国民政府"第三方面军顾问"官职。第三方面军是情报部门代称，他成为一名打入日军的卧底特务，汉奸历史得以洗白。

他占用的印度犹太人豪宅，献给新任副市长，带粒粒丝搬到一所没收的日商住宅。一日下午，他找到买壮途，说政府要接手涡河、淮河出海口贸易，会长为首的那伙河南、安徽商户以"通敌罪"清除，押上海法庭审理，大部分人判为剥夺财产、十五年监禁，会长是死刑。

会长死前想跟买壮途见一面。

监狱里可买到特权，不用在隔铁条的探视室，他俩在犯人放风的院子里散步，允许抽雪茄。

会长说，杜冷丁那条腿作为他弟弟，没埋进祖坟，未婚而亡的男孩不能进祖坟。埋在一所寺庙的后院，曾想过，战争过去，买个夭折女孩的坟，给弟弟办冥婚，再进祖坟。

没来得及办，已被捕。在狱里，他又想，国人讲究死要全尸，杜冷丁缺了条腿，死后转世，也会腿部残疾。

会长："你娘是女中豪杰，我不想她下辈子不好。你破了我弟弟坟，挖了还给她吧。"递上个信封，写有寺院地址和给住持的证明书。

买壮途："大恩不言谢。"

会长笑了："弟弟要活着，没准长成你这样。我爹这辈子坑过不少人，他是有名的哭眼，眼神哀极了，你以为他正伤心，其实他要害人。哈哈，我长相随娘，没继承下这双眼，你倒是有几分像。"

会长没上刑场，早起刷牙时，被脑后开枪。上刑场，人会有几十小时的心理煎熬，趁其不备地处死，没有痛苦。这是会长用最后的钱，给自己买的特权。

市政府委任曾直河在日侨管理处任职，负责传染病防治，他几乎花尽积蓄，得到如此轻薄的安置，令他警惕，决定逃亡。没准政府哪日翻脸，会长的命运落于自己身上。

粒粒丝愿意跟他走，但要结了婚走。走后，跟村人此生难见，需要个仪式诀别。她喜欢唱耶路撒冷的歌，找玫瑰山，想办个犹太婚礼。

玫瑰山："你们村是不是犹太人还未证实，院长绝不会同意。"

院长同意了，院长想跳舞。

耳语经学院主持的婚礼，不要食品鲜花，新郎新娘不要礼服，只要一根长绳和三条白巾。

粒粒丝脸裹三条白巾，笔直站立。耳语经学院二百四十八名师生倾巢而出，二百三十人组成通向粒粒丝的人墙。十八人排成方阵，院长在第一排正中，领衔跳舞，扶曾直河肩膀，带他向粒粒丝缓缓行来。

没有乐器，鼓掌打节拍。玫瑰山作为婚礼唯一司仪，蹲在粒粒丝脚边，捋一圈绳子，绳子另一头拴在曾直河脚踝。

院长带队跳到粒粒丝近前，又往回跳，到初始位置再返身。玫瑰山不断调整绳子，盘起或放长。

曾直河感慨，犹太人真在公元前做过奴隶，绳子明显是脚镣的象征。三条白巾把粒粒丝封得呼吸困难，难道象征濒死的女人？

男人做奴隶，女人受危险——婚礼仪式凝结着他们祖先过的苦日子，曾直河略难过，忽然对跳舞有了热情，奋力跺脚，不想停下。

院长告知，再有一个来回，新郎便可以摘去新娘脸上的白巾，大手搂曾直河肩胛，带他拉开距离，粒粒丝的脸远成了一块指甲大的白色。

即将返程向她而去，二十名黄衣军警冲入，展示拘捕令，将曾直河铐走。

曾直河以"通敌罪"上刑场枪决，他要求摘下蒙眼黑布，正对枪口。遭执行官拒绝，说会给行刑枪手造成心理伤害，"再说，直面枪口是问心无愧的表示，您亏心事做多了，好意思提这种忠臣烈士的要求？"

曾直河跺脚，原地跳出婚礼上的舞步，后脑中枪而死。

粒粒丝没有眼泪，搬回指定地，住进杜冷丁屋里，说了一天话。曾直河像淋雨后死去的骡子，死了就死了。

战俘营日军士兵集体剃光头，对此举动，有说是"认输"，有说是"谢罪"，光头士兵乘船全部回归日本。指定地里的犹太人依旧在指定地，欧洲拒绝他们回返，美国禁止他们移民。

大卫找到关系，可带十五人去德国，玫瑰山报了名，他知道大卫去干什么——大批德国军官未坐牢，回家过日子了。

空手杀人的技术，自卫队青年练成的不多，玫瑰山找杜冷丁谈，希望带上买壮途。杜冷丁摸摸玫瑰山穿的银灰色自卫队服衣料，说："我就这么一个儿子。"

玫瑰山："他去了，对日后认证你们村是犹太人有利。"

杜冷丁："我们不见得是犹太人。"

玫瑰山："这时候，做华人危险。"

他盯住她的眼。他们为曾直河做过事，易染上

"通敌"罪名。

杜冷丁："我们是。"

随后表示，空手杀人不是买壮途一人绝技，村里男人全会，谁都可去。

玫瑰山叹气："是他要求去的，让我说服你。"

杜冷丁不信买壮途会离开自己，玫瑰山指向屋角使缝纫机的粒粒丝："他得离开她。"她在轧裙子，缝纫机是曾直河买的。

大卫一行开拔，粒粒丝码头送行，问买壮途——他何以能在沼泽里漂浮？买壮途说，不想她了，体重会轻一半。粒粒丝落泪，说跟她想的一样。

院长赶来，阻拦玫瑰山出海，说二百年前，阿姆斯特丹经学院驱逐高才生斯宾诺莎，宣布他不再是犹太人。不是犹太人，才有人听他说话。

他鼓动人们热爱大自然，视贝壳、昆虫身上的几何图形为上帝的显现，蝴蝶标本成为有钱人时尚，质疑宗教成为年轻人话题。

院长："上帝不是大自然，上帝不是任何一物，一切物的总和也不是上帝——作为经学院高才生，斯宾诺莎不会犯此低端错误。他是故意的。"

飞机大炮都是几何造型，眼前打烂世界的战争，是二百年前斯宾诺莎用贝壳昆虫种下的错误。

院长希望玫瑰山留下，完成他"上帝用暴力和欺骗实验美感"的理论，仿效斯宾诺莎，错乱人心，降灾世间。人类绝望到只剩下等待弥赛亚，弥赛亚便真会来到。此番大业，阿姆斯特丹经学院已完成属于他们的任务，耳语经学院要接手继续。

玫瑰山："您是说，是我们在操纵世界？"

院长甜蜜一笑："谁会信呢？一直是。"

玫瑰山有些同情院长，犹太人明明是受害者，却把自己想象成灾难的策划人，脆弱的极致是伪装强者。

之前，错了很久。认定买壮途能拯救世界，深心里是惧怕妻儿被杀，急于要弥赛亚出现……

玫瑰山伸手，掸去院长肩上落尘："根本就没有弥赛亚，拯救我们的是自己。不该说——世上终有美好的一天，该说——明天就是美好的一天。"

返身登船。

八

一九四八年，美国允许犹太人移民，玫瑰山回到上海，抱个三岁的犹太女孩。全上海三万犹太人已不足二千，耳语经学院师生离去，校舍住上青浦迁来的四百骡子营村民。

杜冷丁住所，雄鸡增到五十多只，狮群般趴在院里，见人来了，齐刷刷站起，吓哭了玫瑰山怀中女童。

玫瑰山拿出二十七只压扁后绑在一起的草帽，说买壮途喜欢拉美草帽的艳丽色彩，遇上就买。知道中国人会以死者衣物建坟，名衣冠冢，带不回买壮途骨灰，便带回他的草帽。

犹太人视火葬为刑罚，犯人尸体才火化，教义所限，不能烧买壮途尸体，埋葬在拉美。杜冷丁反应冷静，问，你们去的是德国，怎么出事在拉美？

他们到过柏林。回家过日子的纳粹军官们冬眠动物般丧失意志，对闯人家中的刺客，很少反抗，甚至懒得从沙发里站起。

那些是小人物，穿上军装才是坏人，操控他们作恶的人比他们聪明，逃脱法网，藏匿拉美。大卫不甘心，率队越洋追去……

杜冷丁拆解草帽，每一个都称赞漂亮，越说越兴高采烈。玫瑰山怕她失控，团住她手，她说："我没事！他不是我儿子！"

买壮途是会长弟弟。二十八年前，她年轻气盛，会长父亲表态"只赎长子不赎次子"，企图一份钱换回俩孩子，她气不过，当面杀了次子。

她怎能真杀小孩？抹脖子的匕首差着角度，溅出的血是备下的鸡血。她承担硬气的后果，想好养下这孩子。

二岁孩子记不住事，谁给吃的谁是娘。她喜欢这孩子，养了两年，怕他孤单，想自己也生一个，让他有伴儿。没能办成，跟粒粒丝一样，她姑娘时喝苦茶，乏味了性事，以为坏处到此为止，因为他，才知道还坏了生育。

他长到十岁，她丈夫绑票失误给乱枪打死，村里老人说是她留孩子的报应，斩断别人亲情，天理不容。劝她把孩子送回去，否则还会把她克死，她没听老人劝，说自己命硬，镇得住。

二十三年后，会长来报仇，她说一句"你弟弟没死"，便可化险解难。她不说，以断一条腿的代价，让买壮途永远成了她儿子。

杜冷丁兴高采烈地讲完了，猛然站起，一条腿支撑，使出"反扒大领"的跤法，将玫瑰山摔在地上。她随之倒下，撕玫瑰山衣扣，嘴里唠叨："快快，我还年轻，还能生小孩。"

玫瑰山大力搂住她，连说"不行"。被搂着，她平和了些，反驳："怎么不行？怎么都行！我当姑娘时，碰上喜欢的，石头上一趴，扶住棵树，没有不行的！"

旁边站着的三岁犹太女童又被吓哭了。杜冷丁瞥她一眼，手劲猛增，扯下玫瑰山半道衣领。

玫瑰山大叫："有人！"墙角，粒粒丝坐在缝纫机后，停了轧衣服的手。刚才，听到买壮途死讯，她就回墙角轧衣服了。

三年来，她老得快，瘪了脸颊，一只眼的上眼皮撑不起来，笑容很苦。她终于不好看了，三年里给买壮途轧成三十二套衣服，手里一套没做完，玫瑰山就来了。

看到粒粒丝，杜冷丁恢复大半理智，不再动手，也想不起从玫瑰山身上挪开。粒粒丝过来，说："别这样，带你结婚去，走！"

新桥路的龙园盆汤，一楼男宾二楼女宾，八岁的粒粒丝和十岁的买壮途在这洗过澡。粒粒丝给两人买了澡票，烫花竹签，一个"7"号，一个"2"号，生意不好，没什么人。

两片澡票，算是结婚信物，洗完澡要偷走。粒粒丝格外宁静，抬不起来的一片眼皮似对人有催眠作用，玫瑰山和杜冷丁没反驳，犹太女童托付邻房村人，任由她带到这里。

今天不是好日子，或许洗个澡能好……如此想着，玫瑰山进去，洗得很快，出来后，见杜冷丁一个人等在门厅。杜冷丁已恢复理智，招呼他坐下，说腿断处丑，不愿吓人，让粒粒丝拿澡票去洗了，粒粒丝上去时还笑，说那不等于她和玫瑰山结婚了么？

听到粒粒丝要嫁给自己，玫瑰山慌了，随即意识到是玩笑，冲杜冷丁笑笑。杜冷丁注意到他一闪而过的畏惧神情，为此笑了很久。她是天生气盛的女人，比现在的粒粒丝好看。

有客人来了，八九位舞女结伴洗澡，上去后，隔着楼层也能听见她们吓坏了的尖叫。

粒粒丝拿的澡票是"2"号，男单女双，女浴室第一位客人。二楼是三十个淋浴喷头、四个浴池，浴池两个十二平方米，两个九平方米。一个九米池子似浮着条红丝带，为粒粒丝独占。

她割了腕，哼着那首耶路撒冷的歌。

杜冷丁不要玫瑰山搀扶，拄双拐飞快到池边，气得眼光暴亮："你别死！不能死！以后谁还敢来这洗澡！坏人家生意，不仗义！"

粒粒丝乏力的左眼皮抬了起来："管不了那么多，我是个自私的人。"她不再唱歌，左眼皮垂下，没水里死了。

九

粒粒丝和买壮途的草帽合葬，玫瑰山按犹太仪式主持的葬礼。世界日渐恢复次序，国际犹太组织总会来认证血统。

即便买壮途为犹太人而死，骡子营也很难通过认证。犹太人是母系血统，母亲是犹太人才是犹太人。杜冷丁真名买玉贞，买壮途不是随母姓，他们村男女都姓买，一代代女人嫁进村后随夫姓姓了买。他们是父系血统。

玫瑰山："这一代做不到，下一代可以。"带来的犹太女童，有家谱证明，受过纳粹登记，在案难逃的犹太人。她长大后，嫁给骡子营青年，生下的孩子符合认证标准，骡子营有了一个真正的犹太人，迈出回归犹太种族的首步。

杜冷丁："你做的是什么事？我不能这么干。"说这样对女孩不公平，玫瑰山："你可以给她公平，她长大后，不愿嫁你村小伙，就让她走。"

杜冷丁笑起："她能去哪儿？她跟着我们长大，不适应别的地方，只会喜欢我们的男孩——这是我说的不公平。"

玫瑰山沉默，终于忍不住说："那你们做不成犹太人啦！"

杜冷丁有些惆怅："做'这儿的人'，足够了。"

玫瑰山领犹太女童离去，杜冷丁拄拐送行。指定地检查口已废除，看着自己昔日值班的位置，玫瑰山险些落泪。

没有告诉她买壮途的真实死因。在拉美，几分钟的刺杀要经历漫长搜索，常几个月闲过。目标皆是纳粹名宿，特务技术比他们娴熟，稍觉异样即人走屋空，再难查寻。

一次次失败，令买壮途质疑大卫的谋划水平。当他们搜索到一个可能是藏匿拉美的最大纳粹头目时，不爱动脑子的买壮途拿出了他制订的计划，步步险棋，团队成员均觉得成功率低，无法实施。

他很坚持，骂别人没脑子。为防止他单干，惊走目标，大卫将他关了禁闭，分出二人看他。

善良的人一旦思索，都很可怕。买壮途思索的结果是，为给全体犹太人报仇，先要杀死眼前这伙犹太人。他冲出禁闭室，逢人便捅一刀。之后他独自刺杀，成功杀死目标，也中枪丧命。

玫瑰山是幸存者，刀刺入肝脏时偏离了几分，大卫死了。玫瑰山和其他几位幸存者发誓，隐下此事，所有死于刀下的人都是在刺杀纳粹头目时牺牲，大卫是"英雄"、买壮途是帮助犹太人的"义人"。

从此玫瑰山再也说不出"根本就没有弥赛亚，我们要自己拯救自己"的口号，发现弥赛亚是虚幻故事，不值得依靠，转而依靠自己，却又发现自己是多么的可怕。

神和自己皆不能依靠，人类将如何延续？

玫瑰山手按住侧腹，买壮途留下的刀疤在隐隐作痛，面对杜冷丁，临别总要说些什么，想起俄国人爱说的辞别语，深情说："如果我忘了你，请不要忘了我。"

不料怒了她，立起眼："什么话！不许忘了我！"

犹太古训，男人要对女人好，上帝赐福人类，全是因为她。

后记：无话人生和犹太邮递员

一九九七年，专题片尚盛行，我大学毕业到了上海，拍到一位租界时期的法官，九十余岁。面对提问，他掏出随身携带的笔记本，是他七十余岁时抄写的《楞严经》，蝇头小楷，笔笔坚实，除了谈书法，说不出什么话。

也访过杀人犯，访的人多了，会发现多数人说不出话，多数人生活里没有语言这档事。刻骨铭心，不等于能折现成话。不靠语言活着的人，跟会说的人是不同的悲喜，这是记者生涯给我开的天眼，我的小说里，有话和无话的人，是两个人种。此篇小说主人公买壮途，便是一个没话的人。

我的童年在北京新帘子胡同，吴贻弓导演名作《城南旧事》的故事发生地，小英子（影片主人公）

166

离开后，那里的男男女女什么样，我见着了。他们会说话，开口文明，可折服暴力。他们这代人老得出不了门了，京城便少了味道。

一九九七年，拍上海某小区，逢上一场打架，有小孩喊"黄阿姨来了"，打架者立刻自愧停手，一会儿过来位老太太，把道理评得众人皆服，打架者相互道歉，一致向老太太说"麻烦您了"。我见了高兴，上前致意"又见着您这样的人了"，搞得老人家莫名其妙。

她比《城南旧事》里的人晚一辈，南北皆有这样的人，他们活着，文明就还在。

三千余年前，我们的祖先与神告别，敬鬼神而远之，决心以人的理智建立人间，开始讲理——从此有了华夏一族。文明是让暴力者自惭自愧，说话为了让暴力自动打折。

大军压境，最终要搞成大军不动、主将单挑——这是《岳飞传》所写，严重不符合宋金战争史，但这是民间的现实，群体性暴力，通过讲理不断降级——《弥勒，弥赛亚》这篇小说，还原的是《岳飞传》在现实里的样子、怎么操作的。

我对二战期间上海收容犹太人的事件感兴趣，也是一九九七年在上海访到一位犹太混血后裔，汉人皮肤犹太人五官，讲述租界时期的邮电局如警察局一样兼管民事，待遇优厚，他的犹太血统让他被保送进邮电局上班……

我这个青年时的记忆，让我打算写这部小说时，在搜集史料方面有了不同的着眼，二战时来上海的犹太人，除了难民的处境，是否还享有特权？

按此思路查询，果然，与常见的欧美电影里的二战时期犹太人不同，上海的犹太难民是享有特权的难民。既然迥异欧美常识，便值得一写。

犹太自称是与神立约的民族，华夏是告别神走了三千年人的道路的民族，二战是旷古灾难，西方神道崩溃、东方人道崩溃之际，这两个民族在上海相碰，颠覆了旧有的人、神概念……小说不完成思想总结，小说只写局面，我喜欢这局面，含着旧我崩坏、新我难成的痛。

二战期间，犹太人在上海建立了宣扬武力自救的组织，上海民众在人道的礼乐崩坏后寻求信仰，商业中心的上海一度成为宗教中心。

如问我个人有何思想，那是我不能放进小说里写的，写了就不是小说了。我想，礼乐维持的人世是美好的，人心足以构成人间，祈祷神，保佑人们不要再走到祈祷神的一天。

2018．9．19

（全书完）

徐皓峰

本名徐浩峰。1973年生。高中毕业于中央美术学院附中油画专业，大学毕业于北京电影学院导演系。现为北京电影学院导演系教师。

导演，作家，道教研究学者，民间武术整理者。

文学作品：

长篇小说：《国术馆》《道士下山》《大日坛城》《武士会》《大地双心》

中短篇小说集：《刀背藏身》《花园中的养蛇人》《白色游泳衣》《诗眼倦天涯》《白俄大力士》

武林实录集：《逝去的武林》《大成若缺》《武人琴音》

电影随笔集：《刀与星辰》《坐看重围》

电影作品：

《倭寇的踪迹》（导演、编剧）

《箭士柳白猿》（导演、编剧）

《一代宗师》（编剧）

《师父》（导演、编剧）

《刀背藏身》（导演、编剧）

《诗眼倦天涯》（导演、编剧）

白俄大力士

产品经理 ｜ 来佳音　　封面设计 ｜ 张一一　　营销经理 ｜ 李欣爱

技术编辑 ｜ 陈　杰　　责任印制 ｜ 刘世乐　　出 品 人 ｜ 于　桐

图书在版编目（ＣＩＰ）数据

白俄大力士 / 徐皓峰著． -- 北京：光明日报出版
社，2021.11
ISBN 978-7-5194-6198-0

Ⅰ．①白… Ⅱ．①徐… Ⅲ．①长篇小说－中国－当代
Ⅳ．① I247.5

中国版本图书馆 CIP 数据核字 (2021) 第 144728 号

白俄大力士

BAI'E DALISHI

著　者：徐皓峰	
责任编辑：王　娟	产品经理：来佳音
封面设计：张一一	责任校对：傅泉泽
插　图：方佳翻	责任印制：刘　淼

出版发行：光明日报出版社
地　　址：北京市西城区永安路 106 号，100050
电　　话：010-63169890（咨询），010-63131930（邮购）
传　　真：010-63131930
网　　址：http://book.gmw.cn
E - mail：gmrbcbs@gmw.cn
法律顾问：北京市兰台律师事务所龚柳方律师
印　　刷：北京盛通印刷股份有限公司
装　　订：北京盛通印刷股份有限公司
本书如有破损、缺页、装订错误，请与本社联系调换，电话：010-63131930
开　　本：140×200　　　　印　张：5.75
字　　数：77 千字
版　　次：2021 年 11 月第 1 版
印　　次：2021 年 11 月第 1 次印刷
书　　号：ISBN 978-7-5194-6198-0
定　　价：39.80 元